海外的鱗爪

徐訏文集

散文卷

導言　徬徨覺醒：徐訏的文學道路

陳智德

「個人的苦悶不安，徬徨無依之感，正如在大海狂濤中的小舟。」[1]

——徐訏〈新個性主義文藝與大眾文藝〉

在二十世紀四、五十年代之交，度過戰亂，再處身國共內戰意識形態對立夾縫之間的作家，應自覺到一個時代的轉折在等候著，尤其在當時主流的左翼文壇以外，被視為「自由主義作家」或「小資產階級作家」的一群，包括沈從文、蕭乾、梁實秋、張愛玲、徐訏等等，一整代人在政治旋渦以至個人處境的去與留之間徘徊，最終作出各種自願或不由自主的抉擇。

[1] 徐訏〈新個性主義文藝與大眾文藝〉，收錄於《現代中國文學過眼錄》，台北：時報文化，一九九一。

一

一九四六年八月，徐訏結束接近兩年間《掃蕩報》駐美特派員的工作，從美國返回中國，直至一九五〇年中離開上海奔赴香港，在這接近四年的歲月中，他雖然沒有寫出像《鬼戀》和《風蕭蕭》這樣轟動一時的作品，卻是他整理和再版個人著作的豐收期，他首先把《風蕭蕭》交給由劉以鬯及其兄長新近創辦起來的懷正文化社出版，據劉以鬯回憶，該書出版後，「相當暢銷，不足一年，（從一九四六年十月一日到一九四七年九月一日），印了三版」[2]，其後再由懷正文化社或夜窗書屋初版或再版了《阿剌伯海的女神》（一九四六年初版）、《烟圈》（一九四六年初版）、《蛇衣集》（一九四八年初版）、《幻覺》（一九四八年初版）、《四十詩綜》（一九四八年初版）、《兄弟》（一九四七年再版）、《母親的肖像》（一九四七年再版）、《生與死》（一九四七年再版）、《春韮集》（一九四七年再版）、《一家》（一九四七年再版）、《海外的鱗爪》（一九四七年再版）、《舊神》（一九四七年再版）、《成人的童話》（一九四七年再版）、《西流集》（一九四七年再版）、潮來的時候（一九四八年再版）、《黃浦江頭的夜月》（一九

[2] 劉以鬯〈憶徐訏〉，收錄於《徐訏紀念文集》，香港：香港浸會學院中國語文學會，一九八一。

四八年再版）、《吉布賽的誘惑》（一九四九再版）、《婚事》（一九四九年再版），[3] 粗略統計從一九四六年至一九四九年這三年間，徐訏在上海出版和再版的著作達三十多種，成果可算豐盛。

《風蕭蕭》早於一九四三年在重慶《掃蕩報》連載時已深受讀者歡迎，一九四六年首次結集成單行本出版，沈寂的回憶提及當時讀者對這書的期待：「這部長篇在內地早已是暢銷一時的名著，可是淪陷區的讀者還是難得一見，也是早已企盼的文學作品」[4]，當劉以鬯及其兄長創辦懷正文化社，就以《風蕭蕭》為首部出版物，十分重視這書，該社創辦時發給同業的信上，即頗為詳細地介紹《風蕭蕭》，作為重點出版物。徐訏有一段時期寄住在懷正文化社的宿舍，與社內職員及其他作家過從甚密，直至一九四八年間，國共內戰愈轉劇烈，幣值急跌，金融陷於崩潰，不單懷正文化社結束業務，其他出版社也無法生存，徐訏這階段整理和再版個人著作的工作，無法避免遭遇現實上的挫折。

然而更內在的打擊是一九四八至四九年間，主流左翼文論對被視為「自由主義作家」或「小資產階級作家」的批判，一九四八年三月，郭沫若在香港出版的《大眾文藝叢刊》

---

3 以上各書之初版及再版年份資料是據賈植芳、俞元桂主編《中國現代文學總書目》、北京圖書館編《民國時期總書目，一九一一－一九四九》。

4 沈寂〈百年人生風雨路——記徐訏〉，收錄於《徐訏先生誕辰100週年紀念文選》，上海：上海社會科學院出版社，二〇〇八。

第一輯發表〈斥反動文藝〉，把他心目中的「反動作家」分為「紅黃藍白黑」五種逐一批判，點名批評了沈從文、蕭乾和朱光潛。該刊同期另有邵荃麟〈對於當前文藝運動的意見——檢討．批判．和今後的方向〉一文重申對知識份子更嚴厲的要求，包括「思想改造」。雖然徐訏不像沈從文般受到即時的打擊，但也逐漸意識到主流文壇已難以容納他，如沈寂所言：「自後，上海一些左傾的報紙開始對他批評。他無動於衷，直至解放，輿論對他公開指責。稱《風蕭蕭》歌頌特務。他也不辯論，知道自己不可能再在上海逗留，上海也不會再允許他曾從事一輩子的寫作，就捨別妻女，離開上海到香港。」[5]一九四九年五月二十七日，解放軍攻克上海，中共成立新的上海市人民政府，徐訏仍留在上海，差不多一年後，終於不得不結束這階段的工作，在不自願的情況下離開，從此一去不返。

二

一九五〇年的五、六月間，徐訏離開上海來到香港。由於內地政局的變化，其時香港聚集了大批從內地到港的作家，他們最初都以香港為暫居地，但隨著兩岸局勢進一步變

5 沈寂〈百年人生風雨路——記徐訏〉，收錄於《徐訏先生誕辰100週年紀念文選》，上海：上海社會科學院出版社，二〇〇八。

化，他們大部份最終定居香港。另一方面，美蘇兩大陣營冷戰局勢下的意識形態對壘，造就五十年代香港文化刊物興盛的局面，內地作家亦得以繼續在香港發表作品。徐訏的寫作以小說和新詩為主，來港後亦寫作了大量雜文和文藝評論，五十年代中期，他以「東方既白」為筆名，在香港《祖國月刊》及台灣《自由中國》等雜誌發表〈從毛澤東的沁園春說起〉、〈新個性主義文藝與大眾文藝〉、〈在陰黯矛盾中演變的大陸文藝〉等評論文章，部份收錄於《在文藝思想與文化政策中》、《回到個人主義與自由主義》及《現代中國文學過眼錄》等書中。

徐訏在這系列文章中，回顧也提出左翼文論的不足，特別對左翼文論的「黨性」提出質疑，也不同意左翼文論要求知識份子作思想改造。這系列文章在某程度上，可說回應了一九四八、四九年間中國大陸左翼文論的泛政治化觀點，更重要的，是徐訏在多篇文章中，以自由主義文藝的觀念為基礎，提出「新個性主義文藝」作為他所期許的文學理念，他說：「新個性主義文藝必須在文藝絕對自由中提倡，要作家看重自己的工作，對自己的人格尊嚴有覺醒而不願為任何力量做奴隸的意識中生長。」[6]徐訏文藝生命的本質是小說家、詩人，理論鋪陳本不是他強項，然而經歷時代的洗禮，他也竭力整理各種思想，最終

[6] 徐訏〈新個性主義文藝與大眾文藝〉，收錄於《現代中國文學過眼錄》，台北：時報文化，一九九一。

仍見頗為完整而具體地，提出獨立的文學理念，尤其把這系列文章放諸冷戰時期左右翼意識形態對立、作家的獨立尊嚴飽受侵蝕的時代，更見徐訏提出的「新個性主義文藝」所倡導的獨立、自主和覺醒的可貴，以及其得來不易。

《現代中國文學過眼錄》一書除了選錄五十年代中期發表的文藝評論，包括《在文藝思想與文化政策中》和《回到個人主義與自由主義》二書中的文章，也收錄一輯相信是他七十年代寫成的回顧五四運動以來新文學發展的文章，集中在思想方面提出討論，題為「現代中國文學的課題」，多篇文章的論述重心，正如王宏志所論，是「否定政治對文學的干預」[7]，而當中表面上是「非政治」的文學史論述，「實質上具備了非常重大的政治意義：它們否定了大陸的文學史論述」[8]，徐訏所針對的是五十年代至文革期間中國大陸所出版的文學史當中的泛政治論述，動輒以「反動」、「唯心」、「毒草」、「逆流」等字眼來形容不符合政治要求的作家；所以王宏志最後提出《現代中國文學過眼錄》一書的「非政治論述」，實際上「包括了多麼強烈的政治含義」。這政治含義，其實也就是徐訏對時代主潮的回應，以「新個性主義文藝」所倡導的獨立、自主和覺醒，抗衡時代主潮對

[7] 王宏志〈心造的幻影——談徐訏的《現代中國文學的課題》〉，收錄於《歷史的偶然：從香港看中國現代文學史》，香港：牛津大學出版社，一九九七。

[8] 同前註。

作家的矮化和宰制。

《現代中國文學過眼錄》一書顯出徐訏獨立的知識份子品格，然而正由於徐訏對政治和文藝的清醒，使他不願附和於任何潮流和風尚，難免於孤寂苦悶，亦使我們從另一角度了解徐訏文學作品中常常流露的落寞之情，並不僅是一種文人性質的愁思，而更由於他的清醒和拒絕附和。一九五七年，徐訏在香港《祖國月刊》發表〈自由主義與文藝的自由〉一文，除了文藝評論上的觀點，文中亦表達了一點個人感受：「個人的苦悶不安，徬徨無依之感，正如在大海狂濤中的小舟。」[9]放諸五十年代的文化環境而觀，這不單是一種「個人的苦悶」，更是五十年代一輩南來香港者的集體處境，一種時代的苦悶。

三

徐訏到香港後繼續創作，從五十至七十年代末，他在香港的《星島日報》、《星島週報》、《祖國月刊》、《今日世界》、《文藝新潮》、《熱風》、《筆端》、《七藝》、《新生晚報》、《明報月刊》等刊物發表大量作品，包括新詩、小說、散文隨筆和評論，並先後結集為單行本，著者如《江湖行》、《盲戀》、《時與光》、《悲慘的世紀》等。

9 徐訏〈自由主義與文藝的自由〉，收錄於《個人的覺醒與民主自由》，台北：傳記文學出版社，一九七九。

香港時期的徐訏也有多部小說改編為電影，包括《風蕭蕭》（屠光啟導演、編劇，香港：邵氏公司，一九五四）、《傳統》（唐煌導演、徐訏編劇，香港：亞洲影業有限公司，一九五五）、《痴心井》（唐煌導演、王植波編劇，香港：邵氏公司，一九五五）、《鬼戀》（屠光啟導演、編劇，香港：麗都影片公司，一九五六）、《盲戀》（易文導演、徐訏編劇，香港：新華影業公司，一九五六）、《後門》（李翰祥導演、王月汀編劇，香港：邵氏公司，一九六〇）、《江湖行》（張曾澤導演、倪匡編劇，香港：邵氏公司，一九七三）、《人約黃昏》（改編自《鬼戀》，陳逸飛導演、王仲儒編劇，香港：思遠影業公司，一九九六）等。

徐訏早期作品富浪漫傳奇色彩，善於刻劃人物心理，如〈鬼戀〉、〈吉布賽的誘惑〉、〈精神病患者的悲歌〉等，五十年代以後的香港時期作品，部份延續上海時期風格，如《江湖行》、《後門》、《盲戀》，貫徹他早年的風格，另一部份作品則表達歷經離散的南來者的鄉愁和文化差異，如小說〈過客〉、詩集《時間的去處》和《原野的呼聲》等。

從徐訏香港時期的作品不難讀出，徐訏的苦悶除了性格上的孤高，更在於內地文化特質的堅守，拒絕被「香港化」。在《鳥語》、〈過客〉和《癡心井》等小說的南來者角色眼中，香港不單是一塊異質的土地，也是一片理想的墓場、一切失意的觸媒。一九五〇年的《鳥語》以「失語」道出一個流落香港的上海文化人的「雙重失落」，而在《癡心井》的終末則提出香港作為上海的重像，形似卻已毫無意義。徐訏拒絕被「香港化」的心志更具體見於一九五八年的〈過客〉，自我關閉的王逸心以選擇性的「失語」保存他的上海性，一種不見容於當世的孤高，既使他與現實格格不入，卻是他保存自我不失的唯一途徑。[10]

徐訏寫於一九五三年的〈原野的理想〉一詩，寫青年時代對理想的追尋，以及五十年代從上海「流落」到香港後的理想幻滅之感：

多年來我各處漂泊，
唯願把血汗化為愛情，
遍灑在貧瘠的大地，
孕育出燦爛的生命。

但如今我流落在污穢的鬧市，

10 參陳智德《解體我城：香港文學1950-2005》，香港：花千樹出版有限公司，二〇〇九。

陽光裡飛揚著灰塵，
垃圾混合著純潔的泥土，
花不再鮮豔，草不再青。

海水裡漂浮著死屍，
山谷中蕩漾著酒肉的臭腥，
潺潺的溪流都是怨艾，
多少的鳥語也不帶歡欣。

茶座上是庸俗的笑語，
市上傳聞著漲落的黃金，
戲院裡都是低級的影片，
街頭擁擠著廉價的愛情。

此地已無原野的理想，
醉城裡我為何獨醒，

三更後萬家的燈火已滅，
何人在留意月兒的光明。

「原野的理想」代表過去在內地的文化價值，在作者如今流落的「污穢的鬧市」中完全落空，面對的不單是現實上的困局，更是觀念上的困局。這首詩不單純是一種個人抒情，更哀悼一代人的理想失落，筆調沉重。〈原野的理想〉一詩寫於一九五三年，其時徐訏從上海到香港三年，由於上海和香港的文化差距，使他無法適應，但正如同時代大量從內地到香港的人一樣，他從暫居而最終定居香港，終生未再踏足家鄉。

四

司馬長風在《中國新文學史》中指徐訏的詩「與新月派極為接近」，並以此而得到司馬長風的正面評價，[11]徐訏早年的詩歌，包括結集為《四十詩綜》的五部詩集，形式大多是四句一節，隔句押韻，一九五八年出版的《時間的去處》，收錄他移居香港後的詩作，形式上變化不大，仍然大多是四句一節，隔句押韻，大概延續新月派的格律化形式，使徐

[11] 司馬長風《中國新文學史（下卷）》，香港：昭明出版社，一九七八。

訏能與消逝的歲月多一分聯繫，該形式與他所懷念的故鄉，同樣作為記憶的一部份，而不忍割捨。

在形式以外，《時間的去處》更可觀的，是詩集中〈原野的理想〉、〈記憶裡的過去〉、〈時間的去處〉等詩流露對香港的厭倦、對理想的幻滅、對時局的憤怒，很能代表五十年代一輩南來者的心境，當中的關鍵在於徐訏寫出時空錯置的矛盾。對現實疏離，形同放棄，皆因被投放於錯誤的時空，卻造就出《時間的去處》這樣近乎形而上地談論著厭倦和幻滅的詩集。

六七十年代以後，徐訏的詩歌形式部份仍舊，卻有更多轉用自由詩的形式，不再四句一節，隔句押韻，這是否表示他從懷鄉的情結走出？相比他早年作品，徐訏六七十年代以後的詩作更精細地表現哲思，如《原野的理想》中的〈久坐〉、〈等待〉和〈觀望中的迷失〉、〈變幻中的蛻變〉等詩，嘗試思考超越的課題，亦由此引向詩歌本身所造就的超越。另一種哲思，則思考社會和時局的幻變，《原野的理想》中的〈小島〉、〈擁擠著的群像〉以及一九七九年以「任子楚」為筆名發表的〈無題的問句〉，時而抽離、時而質問，以至向自我的內在挖掘，尋求回應外在世界的方向，尋求時代的真象，因清醒而絕望，卻不放棄掙扎，最終引向的也是詩歌本身所造就的超越。

最後，我想再次引用徐訏在《現代中國文學過眼錄》中的一段：「新個性主義文藝必須在文藝絕對自由中提倡，要作家看重自己的工作，對自己的人格尊嚴有覺醒而不願為任何力量做奴隸的意識中生長。」[12]時代的轉折教徐訏身不由己地流離，歷經苦思、掙扎和持續的創作，最終以倡導獨立自主和覺醒的呼聲，回應也抗衡時代主潮對作家的矮化和宰制，可說從時代的轉折中尋回自主的位置，其所達致的超越，與〈變幻中的蛻變〉、〈小島〉、〈無題的問句〉等詩歌的高度同等。

*陳智德：筆名陳滅，一九六九年香港出生，台灣東海大學中文系畢業，香港嶺南大學哲學碩士及博士，現任香港教育學院文學及文化學系助理教授，著有《解體我城：香港文學1950-2005》、《地文誌——追憶香港地方與文學》、《抗世詩話》以及詩集《市場，去死吧》、《低保真》等。

12 徐訏〈新個性主義文藝與大眾文藝〉，收錄於《現代中國文學過眼錄》，台北：時報文化，一九九一。

目次

西流集

歐行漫感

海外的鱗爪

改良個體與改良環境——途中通信

……可是下面通艙裡還有客人，客人中除印度人外就是中國人。那些中國人，都是些小商人或者手藝工人，雖然不見得都到義大利上岸，但離開自己的故鄉到遙遠的異地是一樣的，而其所受碼頭上、船上以及異地種種的壓迫與苦處，是遠超過上面的一群留學生的。我於前天曾下去訪問，他們占同樣地方與鋪位，從上海到新加坡，有的是七十五元，有的是三十五元；其相差有如此之大，不知道的人會不相信。不過坐過北洋、南洋、長江等船的朋友，都可以曉得同樣到天津或哪裡的房艙，那不過一、二十元的價目，就可以有十來元的上下。那麼看這裡船價的高低，也就沒有什麼可稀奇。中國有無數靠碼頭上吃敲竹杠飯的流氓，也有無數在農村裡靠田地上吃竹杠飯的流氓，還有無數無數在教育，在政治方面……。

總之，中國所有的流氓如果都能規規矩矩靠勞力去吃飯，中國的賣國賊也會消跡的。凡是不清明的政治都有不清明的人群做背景，是互相利用，函數式的只好讓雙方都存在著的。然而那群小商人與手藝工人還是忍受這些千欺萬凌地到外面去，這到底是為什麼？還不是為求光明的前途，因不滿現狀而求前進的。

這可見中國人不是不會不滿意現狀，不是不會求前進，而都只有個人的改良，而沒有集團的反抗。所謂個體的改良是生物界固有的現象，生物界中也常有因不適合環境而改變自身的生理組織的；而集團的反抗則是將環境改變了以適合自己的生存，這則只有人類社會方才有的。

我並不是說求個體的改良就是一種動物的行為，個體的改良在人類中也是常有的，把孩子培養大也能說個體的改良，給他教育也是個體的改良，但個體改良的目的在生物是為適合環境，在人類則剛剛相反，是為改良環境的。這就是人類勝於生物的地方。可是中國回國的留學生不少了，大多數給我們知道的，都只是把自己的個體適合於環境，在環境之中作個人的爭奪罷了。以醫生來論，都市裡有成千成萬的醫生，都是有本事的留學生，可是他們都在都市裡傾軋爭生意，很少有一、二個人聯絡著在小鎮小市的地方改成一個有科學化醫院的環境的！以教育來論，許多許多有本事的留學生，回來以後，也只是在都市中爭地位，把持與傾軋，有誰肯到小城小鎮去辦教育，去改良教育環境呢？所以由這些地方看來，大多數中國人改良了個體，只能適應環境，而不能改良環境的。

在國外求學的中國人，程度好的很多，學問好的很多。他們到國外去，目的就在求學，就在改良個體，所以常常比別國人用功，而功課也能在別人以上的，所以以求個體改良而論，中國人是並不弱的，那麼為什麼到中國後只能適應環境，而不能改良環境呢？

這就因為沒有集團的組織與習慣，改良環境必須有這種組織與習慣。一個醫生到小鎮辦醫院或者不可能，那必須集合幾個醫生去方才可以勝任。這種習慣的養成，就在於改良個體時候的注意與聯絡的。為什麼你學醫要到外國去？你一定會告訴我國外設備好，材料好，組織完備，所以在你改良個體的時候，你必須注意改良個體的環境。

所以這是兩方面的，個體改良與集團組織，新環境的了解與舊環境的改造。在這一群旅伴之中，我希望他們都有這樣的感覺。

三十日早晨八點到香港。去過香港的人快遠別了要去辭別，沒有去過的自然要去拜訪。兩天兩夜航行該見見陸地，兩天兩夜外國餐該換換口味，所以幾乎是全數上岸了。

我們寄出了信，買點東西，於是想雇汽車到全香港走走。我們一組一共六個人，在中國旅行社雇車，哪裡曉得來車是私人照會的，被一個中國警察所攔，一同押到警察所謂「我們政府」的巡捕房去。警察說話非常威風，但到了「我們政府」裡，他也就毫無威權。翻譯員告訴我們私人照會禁做生意，目的在免車夫私自賺錢，而這車既是六國飯店（車夫說是六國飯店的）而車主也在這裡（車主是聞訊跟來的），所以與普通情形不同了，看來那巡捕不見得能夠討好。我以我們時間有限告訴他，請他幫忙，讓我們先去，他同一個肥胖的酒後的外國人說了，那外國人就叫我們出來。那時那個巡捕，也要跟出來，也許算是招呼或者是送行吧，可是被那外國人斥住，而且訓斥他為什麼把我們帶來。我當時很想聽下去，可是他們好像是不許我們再待似的，所以就出來了。

坐汽車在香港兜圈原是走馬看花，記載香港的文章也到處都有，我沒有什麼話可以說。這塊中國所有的英國管理了九十多年的殖民地，顯然是分為二層：管理者與工作者，英國人與中國人。在中國治下是一個荒山，小小的漁港而已，現在是早已有高大的洋房，熱鬧的市街，寬闊的盤旋的柏油馬路，電車、汽車都可直上山頂了。其他大學、中學、醫院不用說。在這小小的地方能夠經營得這樣好，英國人的能力是可佩服的。可是中國難道不能嗎？中國的工程師會建造這樣的洋房、馬路的不知有多少，中國的醫生會管理創辦這樣的醫院的也不知多少，中國也不見得沒有錢來經營這些。但是中國從不會想到一個孤單的荒島可以去經營成一個商港，從不會想到科學也可以在荒僻的地方創立一個王國。下野的軍閥官僚，有多少是擁著幾千萬財產在現成的香港享樂的，可有人想到另外的地方去經營一個另外的香港？看到香港以後，我更感到中國民族只求適應環境，不敢反抗環境是一個致命的創傷。一切政治外交……都求適應舊環境，不敢打出新局面的，我想都是民族的同一劣性吧？

船停在九龍，來去香港是用小輪渡的。九龍灣有許多漁家，在夜間海灣水漲的時候，成群結隊到灣心點起燈來捕魚。捕魚的方法家家一樣，在小舢板上點燈，駐紮為總部，以小篷艇撒網，包圍好了，艇首再以套有木塊的竹竿激水，發聲如敲鼓一樣，使魚群因此恐嚇而竄到網裡去。

捕魚之外，他們也常常涉足石岩縫中，拿著火把去採尋，或悄悄地在灣崖石腳之處管理棚欄，在捕明蝦、龍蝦、花蟹、石斑、黃腳蠟……一些東西。這些艱苦的謀生聽說現在也難了，第一因為灣崖石腳，許多都被鋼筋水泥所封鎖，第二是日本的漁船南來日多，他們是有更好的方法括索灣裡的魚的。

黃昏中，我從這隻龐大的白色的Conte Verde上，望見一群蒼黑的漁船時，在這幅美妙的海景中，我感到一種無限的淒涼。我想，假如我這時是立在那蒼黑的小船上，望那白色的大船，我的感想又是怎樣，它的龐大的白色不是一種沉重的壓迫與恐怕麼？

但是白輪起行了，遺留那一群漁船在山色的旁邊，供給那白色洋房裡人們的海味。而輪船裡則多了許多人。那位一集團軍總司令陳濟棠先生，也帶著他汽車與隨從，在皇宮般的頭等艙裡，向香港別了，遙望那山外的廣州，遠矚那萬里的前程，將起什麼樣的感想呢？我似乎看見從洋房到黑色漁船的是一個一個黑色的銅元，而從將軍由白色大輪帶出去的是成千成萬的黃色金鎊呀！

一九三六，十一，十，夜十二時。巴黎。

魯文之秋

人的心理對於某件事某種行動的解釋，有時候不但欺人，而且是欺騙自己的。所以我對於要人的宣言，名人的日記，青年們的情書，以及演說家的演說，都不全很相信。因此，我對於我自己的心理，有時候也覺得不很可靠了。

離開魯文以前，有十來個朋友問我去巴黎的原由，到巴黎以後，也有十來個朋友問我離開魯文的緣故。其中離前到後，我寫信給國內的親友對於這層理由與原因，也說了好些遍，可是這許多遍一列的申述，關於魯文大學宗教空氣的不習慣，關於其學術思想環境的失望，關於多數褊狹頭腦的中國同學之不相合，雖然這些都是事實，但嚴格說起來，這只是事後尋出來的理由，實際上當時的動機並不在這些地方的。本來許多大事情的動機，有時候會發生於一個人的直覺，有時候會發生於一個人的幻想，有時候會發生於一個人一時的感覺，更有時候會發生於一個人一種生理的不適，人情的不滿，甚於大便的不通。有人說拿破侖征服世界的野心為他肚臍上的癬不能博得他太太的歡心，這有它可能性的。那麼歐戰的發生是不是為一、二個偉人一時心境的不好，或者是為中飯的湯太鹹一點，或者為太太誤把汗衫當作他要穿的羊毛衫拿給他，而觸動呢？所謂觸動，這是說，我並不否認歷史上必然性的存在，而是說歷史的過程中，其呈現的時間與樣式，時時可由這些微細的小事而推動而改變。可是這些觸發的小處，是誰都不能知道的，甚至連自己在內。一個人騙了世界以後，同時也就騙了自己了。

在昨天以前，我自己也總以為我離魯文來巴黎的緣故就是那些後尋出的理由，可是在昨夜失眠中，我比較那在魯文與現在的心境，才覺悟到當時的無聊與痛苦以及時時想出逃與自殺的情緒，絕不是那後來尋出的理由可以做它的原因的。

這緣故，這原因，現在我可悟到了！——這只是秋，是魯文的秋，這個肅殺而陰森的魯文的秋。

對於秋我有一種特別的敏感。這敏感的養成，細說起源，怕還是起源於九歲十歲時候讀歐陽修的〈秋聲賦〉吧。那時我已經離家，到一個鄉村小學裡寄宿，可是我當時並沒有正式入學，只在校長——是一個老先生——地方讀古文與經書。教我〈秋聲賦〉時候記得正是秋夜，或者也是因為老先生因秋夜而想到〈秋聲賦〉，所以選了那篇教我。那時窗外是芭蕉，牆外是梧桐，蟋蟀不住地叫，秋風吹得紙窗發出肅殺的聲音，月光照進我們房中，皎潔得使我們油燈失色。此情此景，與〈秋聲賦〉恰恰相合的。我當時的習慣是先生講解後總要先讀十來遍。我記得那時我讀一遍望望月色，聽聽蟲聲，讀到後來，幾乎以為歐陽子就是我自己了。以前中國教育，與實際生活相離太遠，所以不容易使學生理解與記憶，現在自然進步不少。我讀高等小學與舊制中學時候，講到地理，不注重地圖；講到植物，不注重採標本。其實我們在鄉下，大概的草木都可以有，很可以拿實物給我們看。不這樣做的緣故，想因為更在我們以前，教我們的先生，他雖然知道植物中有羊齒類，但一到野地上也不能說出什麼草是羊齒類了。這些讀地理、植物還是好幾年以後的事。讀經史古文卻遠在這些以前。書既難懂，觀念也更糊塗，事件也更隔膜。所以當時所讀的書，在腦筋裡都好像照相上沒有對準距離與漏光的底片，只是一點模糊的影子，唯有這歐陽修的〈秋聲賦〉，切情切理，切合我當時一切的環境，所以以後用之不盡取之不竭。十五、六歲到北平，離家更遠，「每逢佳節倍思親」。中秋以後，直到重陽，時時背歐陽子〈秋聲賦〉以自遣。為這份對於秋的敏感，使我以後讀詩讀詞的一段生命上，特別地被那些關於秋的情緒之作品所吸引，因此也更互為因果地養成了我的秋的敏感。

北平的秋是極短的。因為其短，所以變化特別明顯。當我第一年一個人住在會館時，院中的一株大桃樹給我一個很深的印象。記得頭一晚我臨睡時還是滿樹的葉子，一夜秋風，早晨起來一看，所有樹葉都被秋掠盡了。秋以後它就以一個枯幹過冬。春到時只要有一陣雨，滿樹都是花。花謝的時候，葉子就慢慢抽齊補足。於是長長的夏天是豐盛的綠葉，又預備那秋到時的秋風來劫掠了。第二年秋風起時，那一夜我一個人煮了一壺咖啡，吸一罐煙，全夜不睡地守著它，隔一兩個鐘頭我開門到院中去看看。這情景實在太殘酷了，像是冥頑的暴力恣意殘殺無抵抗的婦孺，像是人間的地震，監獄的火災，沒有幸免，沒有逃避。一陣風聲，一次崩裂，於是滿地都是瓦礫了。我看它樹幹一點一點地光起來，地上的落葉一層一層厚起來，感到真是歐陽修所謂「殺」季了！我沒有法子安慰自己。一到天亮，我就搬到朋友家去。其實搬到朋友家有什麼用？北平到處都是一樣，除了中山公園松樹以外，北海、中南海早是滿地掃不勝掃的落葉了。

我到魯文的時候也正是秋季。今年的魯文據說天特別冷得早，天天秋風秋雨，我的衣服沒有運到，肉體的寒冷也倍加了心境的淒涼，外加飯館的飯菜生冷，居處沒有開水，以至更顯得秋景的肅殺了。

在這樣的秋境中，像我這樣初出國的人自然都容易起鄉思的，更何況對於秋有變態的敏感的人呢？

還有是，秋天是我脫髮的時節。而我的窗外對街是一座滿牆沿著碧藤的洋房，每天早起開窗，看見它一天天薄起來，慢慢露出牆壁，深感是一個淒切的對照。同時從我寓所到我學法文的教員家，又要走五分鐘的樹林，這段樹林的路上，落葉似乎不常掃的。我在那裡學法文幾天工夫，我每天覺得腳下的落葉一天天厚起來。這情景真令我日日夜夜關念到北平的樹木，會館的碧桃，三海的柳，南長街的槐，什剎海後門的棗樹，以及三百株花園的叢林；令人關念到故鄉牛車旁的柏樹，小學校牆外的梧桐，院中的芭蕉，關念到兆豐公園的灌木；於是所有國內南北的親友人事與國事都想念起來了！這是秋，是秋天的心，是幾萬里外秋天的心呀！

說實話，整個魯文的城市不比北平中南海北海大，其中學校與教堂占去了一半。旅館咖啡店，寄宿舍到處都是。這個城原是靠大學而生存，學校當時還未開學，所以完全陷於死寂空虛的情境中。以這個死寂空虛的小城來容納那殘暴的秋聲與秋色，於是到處都是秋情了。

秋天容易使人感到老，感到人事飄忽，生命的無常，在死寂空虛的情境中，是更容易令人起這些感慨的。深宮裡宮女們的許多關於秋的詩詞，也就是因為這樣的緣故，所以容易產生吧。

像魯文這個城，學校開學這樣晚，是好像專門為來容納秋天似的。黃昏在一天之中，原是秋在一年之中地位一樣，所以秋天的黃昏，是有兩重秋情的。這時候，路燈還沒有亮起來，我一個人在死寂的黛而蒙路樹葉裡走著。踏著深厚的樹葉，望那淒苦的天色，黯淡的月影，我已感到我心靈是載不起這沉重的秋景了。可是還有風來，我打著寒顫，聽那教堂陣陣的鐘聲，感到我已經不是一個人，而只是一個靈魂，是一個悠悠無歸宿的靈魂，要追那鐘聲消盡處，皈依那上帝的幻影裡去了！

鐘聲，是的，魯文的鐘聲是魯文的文化的表徵，是整個魯文的靈魂。但是我不愛，我甚至厭憎，它幾乎是一天到晚鬧著。像魯文這樣的小城何必大驚小怪用大鐘？但是秋恐怕還不止一個，一刻鐘就要鬧一次，一個鬧完了一個鬧，報刻以外還要報時。早晨傍晚，教堂裡還要悠深地冗長地敲著駭人的鐘聲。秋天已是夠使人感到老，感到時光的匆匆了，而這鐘聲，則更是存著心時時刻刻要報告你人生在空虛中消磨著。它好像是在冥冥之中站在「無限」的地位上扳著手指用簡單的個數計算生命的歷程的：「一刻了！」「二刻了！」「三刻了！」「十一點了！」「一刻了！」「二刻了！」「三刻了！」「十二點了！」……天天一樣，無窮無窮的。不管你在讀詩，在寫文，不管在用什麼思想，不管在談什麼話，不管在圖書館中尋什麼材料或者在旅館裡同情人幽會，總是它釘著耳朵說：「一刻了！」「二刻了！」「三刻了！」……這是多麼可怕！我一聽到它，寫文的時候真會撅斷筆，讀書的時候真會扯碎書，所有的工作興趣都將因此沒有。甚至當我在注意一個美貌姑娘時，一陣鐘聲的震響，我驟然會感到這女子是老了一陣似的；在注意圓月時，一陣鐘聲的震響，我驟然會感月兒也瘦了一暈似的。但是誰有法子禁止它，避開它呢？它是幽靈，也是鬼，跟著你，盯著你，一步不放鬆你。這實在可怕！或者因為我從來沒有聽見過這樣的鐘聲，這是第一次，時季又正逢到秋天。所以我終是把它與秋天看作二位一體的，假如秋是「肅殺之氣」的炸彈，那麼它就是戰鼓。前者是魔形，後者是魔聲了。其實鐘聲不止魯文有，魯文也不止秋天有，但巴黎、上海同樣的鐘聲則因為人事的煩雜與匆忙，地方又大，又熱鬧，自然不容其永釘在耳根。我想就是在魯文，冬季開校以後，學生一多，一熱鬧也會好一點的。可是這個秋，我過著了這個秋，我鬍髭因此更長起來，頭髮因此更脫起來，眼睛因此更加近視起來，背脊因此更加駝起來了。這是秋，是魯文的秋，這個肅殺而陰森的魯文的秋！於是我只好逃避，可是，魯文的秋也已經被我過光而隨即消逝了。我現在關念魯文的冬天。

本來我有一個特別的想法，我以為夏天、冬天是住小城或者鄉村為好，秋天則最好在都市裡消磨，都市裡比較沒有這些明顯的時節變換的痕跡，人可以不太被這種刺激人太深的時令所刺激。然而今年我又過得相反了！

但是掩飾這矛盾與脆弱是有許多理由的，義大利殺了人，不還說是以文明給人麼，所以我也自然被我後來尋出的理由所糊塗了！

一九三六，十一，十，夜十二時。巴黎。

我在英國時的房東

一

情調不過是我個人感到的東西，可靠與否已經不容易講，至於情調以外的實事，自然是完全虛構的。但是因為《西風》裡文章篇篇在說真話，只有我一個人在撒謊，因而別人也以為我所記的都是實事了。但是我現在謹慎地申明：

「這是虛構的。」

「只要聲明虛構就好了，但是為什麼不肯記一點實事呢？」

「那麼我就寫一點實事好了。」

於是我就開始記一個房東，但仍舊算作情調。

二

有友人從倫敦來，極力誇讚他的房東太太。

「那麼房飯金是多少錢一月呢？」

「二十五先令一星期。」

「飯菜怎麼樣？」

「不壞，還包括洗衣、補襪。」

於是我們就將這個房東的姓名住址記下來。

三

當我同一個朋友去英國前，我們先寫了一封信給這個房東太太。回信不久就來了，說她已留下兩個房間給我們。如果我們定好了日子，叫我們再寫信去，她將同她的兒子到車站來接。

她有一個兒子，還有兩個女兒，我們早已從友人地方知道。不過她只說偕同兒子來接。

但是我們去信拒絕了。理由有四：

一，日子時間難確定。

二，車站上等生人沒有經驗。

三，萬一汽車小，坐不下，勢必兩輛才行。而倫敦的車錢聽說很貴。

四，不想驚動這位陌生的異國太太。

四

從車站到她們家實在不近，但是終於到了。於是我們會見了這位房東太太。

她戴著眼鏡。年齡大概三十以上，四十以下。

這時，我後悔少做一件事情，就是在信上沒有同她說起房飯金。

她說從來沒有二十五先令的價錢，誰都是三十先令。

難道再搬不成？自然只好住下。

五

我們房內沒有桌子，沒有好椅子。我要求她設法，但是她說：

「寫字看書，我們都在客廳裡的。」

「這不是不方便麼？」我的朋友問了。

「這裡很靜，白天總沒有人。」

我想暫時總只好住下，將來或者再搬。

六

房客除我們以外，還有一個中國學生，一個英國人。連我們兩個是四個人，每人各據一間，那麼她們四個房東住在什麼地方呢？這個疑問我好久無從解答。

後來才知道她們住在夾樓上，這夾樓的進出門口在浴室的壁上，是一個兩平方尺的木門，起初我總以為是一口壁櫥，許久以後才知道裡面住的是人。

七

她老爺所在何處？幹何事？活著還是死去？離婚還是出門？……我們始終不知道。我們只知她大小姐在做店員，少爺在讀暑期補習學校，二小姐幫同理家務。

每天早晨，讀書的，做事的都要早起，太太要在廚房預備早餐，二小姐總是睡得最晚。

等三個房東起來後，這浴室方才輪到我們四個房客。解手，洗臉，有時候還要沐浴，常常弄得很晚。假如這位二小姐不能比我們早起，就要關在裡面，一直到我們全用完浴室後，才能出來。

八

有一次，別人用完了浴室出來了，我大概同人說一句話吧，候補進去時，出我不意地看見壁門口正閃著二小姐。她一見我，立刻又縮進小門內了。

這是我第一次發現她們的臥室，當時我實在有點狼狽，究竟退出來讓她先出來好呢，還是裝做不知，逕去盥洗呢？

躊躇之下，我決定取一個折衷辦法，就是先裝做不知去盥洗，再特別加速地退出來。

九

出來以後，我心裡固然解除了她們住在何處的疑團，但同時又起了一個疑慮：那麼平時我們在浴室解衣洗澡，是不是都是這位二小姐門縫裡的西洋鏡呢？

最後我想一定是的。裸體本不必怕人看見，但被人壁窺總有點不舒服。不一定我被人看不舒服，就是以前在大世界看人用一個銅元看一出西洋女子裸浴的西洋鏡時，也是不舒服的。

從此我決不在早晨洗澡。

十

時常誇讚中國。

客廳裡掛著一個中國人的照相，這是一位前任的房客。

時常誇讚這位前任房客——慷慨，大方與快樂。

這位二小姐時常披戴中國男子的綢衫之類，這是照相中的中國紳士送的。

二小姐長得不算難看，可惜輕輕年紀頭髮有點白。但是怪可愛，好像時常在相信人人都會愛她的。

十一

大小姐，年紀不小了，戴著眼鏡，自然更見不美。好像總是相信沒有人愛她似的，所以態度反見大方。

有一次，那位房東太太說，大小姐是不預備嫁人的。

又有一次，那位房東太太同我說，大小姐並不是她親生，但是她很孝，而二小姐，因為人人都喜歡她，所以時常有脾氣。

又有一次，她說了：「二小姐本來預備進劍橋讀書去的，後來生病了，腦子有點不很健全，時常頭痛。所以特別嬌養一點，而別人偏偏都寵愛她……」

這樣，我知道這位太太也以為人人在愛她的小女兒。

我也只好裝著愛她。

十二

約我們遊山遊水的事情也來了。有時候我們三個中國人，她們三位；有時候，我們兩個，她們三位。那位少爺與那位英國房客從來沒有參加過。

房東太太好像知道我們都愛同她的二小姐一起走，她不時叫她女兒輪流地靠在我們三人臂旁。她叫作：「Switch」。

比方她二小姐同我在一起，一聽母親說一聲「Switch」，她立刻就快幾步或慢幾步的到我朋友身邊去了。

十三

頭一、二次我們還需要識途老馬，後來自己習慣一點，實在不想帶她們了，但是這位房東太太不時提議。並且她還時常說：

「她們兩位小姐很希望你們帶她出去，但是英國的習慣是要男孩子去約她們的。以後……」

一同去玩，自然我們花錢。中國人總有這份慷慨習慣是可愛的。

但是有一次，房東太太邀我們兩個人去看電影了，並且是預先把票子買來的，她說：

「在英國，到外面去男女在一起總是男子付錢的，所以先買回來，省得你們臨時搶著去買。」

這意思似乎是說：以後她不預先買，必須我們買的了。

但是我的朋友在歐洲資格很老，回來後，將我們應付的兩張票價還給她們。

可是她一定不肯取，她說：

「我愛中國的派頭，寧使你們明天再請我們。」

十四

隔幾天，我們只好請她們一次。但是我實在不愛看小影戲院的電影，大影戲院又貴得同劇院一樣，而我是牽念著要看戲的人，在路上我說：

「我們到劇院去吧。」

「不，這樣怎麼去，我是不喜歡這樣去的，在劇院裡上等人是必須穿禮服……」我大概還有話說吧，但是我的朋友同我說：

「是請客，請一次算了，看什麼戲！」

十五

因為我同我的朋友是不分什麼彼此的，所以後來當她們同我們兩個在一起走的時候，不再叫「Switch」了。

「Switch」的來源是起於我們常玩的撲克牌的玩意上，我們常於晚飯後玩牌，「Switch」是玩意的一種。

她們一天到晚實在很少有空，而且很累。三餐飯，一餐茶，七、八個人衣服要洗，但是晚飯後總要談得很晚，或者圍著玩牌。而且常常弄好晚餐預備就座以前，總愛換一身晚禮服再出來。

在這個場合上，飯後總是扛開桌椅，開開舊唱機，勸我們一同跳舞到深夜。

十六

她們愛中國，很希望到中國來，很希望嫁給中國人。我想這理由可以在她日常談話中看出來：

「中國的生活多麼便宜呀！」

「要是我這樣的收入，在中國可以用好幾個佣人了。」

「我最不愛做廚房裡的工作，那實在太髒了。」

有一次，我們在外面，回來的時候，碰見她們正在買菜，但是我們沒有伴她們，先回家了。後來她們說：

「你們真壞，看見我們穿著隨便的衣服，就不愛同我們一起走了。」

十七

有一個故事是這樣的：

「有一個愛說謊話的牧童，常常叫著：

『狼來吃我的羊了，狼來吃我的羊了。』

等別人去救他，他哈哈大笑一陣，還說別人上他當。

後來真的有狼來吃羊了。他大喊：

『狼來吃我的羊了，狼來吃我的羊了。』

但是再沒有人相信他。」

那麼，我所說的房東怕也沒有人相信的了。

漫話巴黎

綏朗（E. Saillens）在《全法國》（*Toute La France*）一書中，說到巴黎有這樣的話：

倫敦與紐約都是終點。巴黎是一個中心，在地理上是全國的吸引區，也是世界的最集中點。光榮的城市，曾為革命的策源地。是法國的第一進口，也是她的最大學府。每個城市都有自然的災患——霧或風，塵土或雪，巴黎沒有別的災患，只有小賬或聲音。別的城市貢獻行動，巴黎則貢獻它的美。假如沒有世界上的人每天行列著在巴黎人面前走過，他們也能相互地獲得完全的教育，因為一百個巴黎人中，只有三十九個生於巴黎，五十一個生於他省，而有十個是外國人。

他們作業於三百六十行，一面是商業區，另一面是廠區，還有賽馬場。有第四區為服飾商店，有第五區是書店。同樣的，其他各色各樣法國生活在這裡並列著，在這裡自奮著，因為巴黎的空氣是誘導工作的，沒有一個地方有像羅浮宮這樣的藝術傑作，有國家圖書館這樣的書。每天，有著名的專家作最高深的公開演講；每星期有展覽會，有音樂家演奏著名的作品。因為有千萬的過客來這裡尋找強烈的娛樂與享受，所以巴黎在工作與裝飾，創作與預想，即使在他們平凡的消磨時間的當兒。

別的城市是分配的中心，巴黎則看到各色的變化。這是一個變形的專家。無論一草，一廢物，一紙片，一個小玻璃器，都由一種點金石做成，這就是巴黎趣味，書籍的華貴版，特標的帽子，香水，以及成千的難以敘述的巴黎物件。它的祕密呢？這非常簡單，它是反映全法國的花色的。巴黎只是法國花園的蜂巢，是幾世紀來全國所造的藝術品，也是最崇高的精神以及最偉大的戲劇所造成的高貴的社會。

這些敘述，自然離現在稍遠，近十年來法國越趨富有，巴黎自然更見繁華了。一九三六與一九三七年期間，我適在巴黎，這大概是法國物極將反的時期。法蘭西的自由與民主精神，在那個時期，的確已經發揮到了極點。我在那面看到人民個性的發達，看到各種思想的蓬勃，各種主義的活動；街頭叫賣著各黨各派的報紙，到處有各地民族各種組織的集合；藝術上也有各派作風在那裡競鬥，一切種別與國別在那裡自由平等並存。歐洲是近代文明的中心，是繁複思想的策源地。又因倫敦屬島國，與大陸隔著海峽，紐約、華盛頓遠在美洲，柏林、莫斯科都在獨裁，於是巴黎成為這世界繁複思想的集中地，獨裁國的思想犯、政治犯，逃亡的猶太人，阿比西尼亞的國王，西班牙政府軍的要人，都在巴黎活動。許多美國人、北歐人、東方人，都在那裡遊歷觀光，那時巴黎正忙於築路，籌備世界博覽會。新奇的建築在塞納河兩岸，巴黎鐵塔周圍建立起來，失業工人都有了工作。馬路上散滿了政治的傳單與商店的廣告。娛樂場、電影院、劇院都擠滿了人，咖啡店亮著全夜的燈光，舞場響著通宵的音樂，千千萬萬的人從各地各國集攏來。那是最複雜時代中最複雜的國家，最動蕩時代中最動蕩的國家。這是一個最豐富國家的最豐富年代，最民主國家的最民主年代。同時這也是最自由國家最自由的都市，最熱鬧都市的最熱鬧時期。

文化到了這樣豐富的民主自由，人民的個性發達到這樣，這是光榮的時代。但是這也是危險的時代，因為這樣繁複的思想與活動，必須有一個偉大的政府來啟發，勸誘，領導，組織。可是這是非常不易得的。在中西歷史之中，希臘的雅典時代，中國的戰國時代，後來都陷於混亂之境，而淪落在武力強暴的壓迫，這可說是巴黎淪亡的前車。

那時，有遠識的人已經看到在那繁華之中隱藏著的淒涼，與自由之中含蓄著的混亂。內閣非常不穩，工人時常罷工。人民享受得厲害，貢獻得少。大家沒有信仰，生活失去重心。婦女不想待在家裡，少年只想早點敷衍畢業，大學生忙於政治生活；大家愛看熱鬧，看各黨各派的議論，揀自己喜愛的發表擁護與反對的意見；都不肯埋頭去幹，愛在咖啡店裡閒坐，在馬路上看熱鬧。綏朗所謂「巴黎在工作與裝飾，創作與預想」，我們所見的已經只是表面，因為巴黎的空氣已經不是誘導工作，它是令人懈怠；到處是玩意，到處是熱鬧，到處是錢與享受，到處是人，那麼除了為錢，為生活，誰還能獨自安心工作呢？個性的發達已到了沒有紀律與秩序，一切的享受與生活，在自由的凌亂思想之中，都可以尋到理論的支持。

有人主張加緊工作，以禦大敵；有人說這仍舊是帝國主義的戰爭；有人說多生產軍火備戰吧；有人以為進步的國家應當提倡和平。一般的人們都接受自己所接近者的宣傳，下意識的貪圖一時的閒逸，大家在觀望，懈怠。

記得昂特雷紀德（Gide）曾經誇讚過法國工人的效率與熱誠，但是這是過去的記錄了；現在，工人們都覺得做工是勉強的，大家敷衍著度日子。

在世界博覽會建築與籌備之中，我們可以看出法國人民已經散漫到怎樣？本來預備一九三七年二、三月開幕，一再延期到了五月。開幕的時候，全部的建築還只有完成三分之一都不到。這樣一月一月的拖延下去，到九月還沒有完成。在這樣重要的國際事件中，拖延凌亂到這樣，法蘭西民主的破綻已經暴露盡了。

在博覽會之中，各國的展覽都有一個中心的目標：譬如英國，重在商品的宣傳；德國重應用工程的宣傳；丹麥宣傳他們人民享受的進步與農業的發達；蘇聯宣傳他們生產的進步；但是法國自己，只是廣泛博雜地誇揚他們所有的一切，誇揚他們的美與繁華。

法國在那時已經沒有重心，思想上失去了中心，人生沒有確定的意義，政治上沒有一定的目標。極力想和平，而自己並不和平；想維持歐洲的現狀，而偏偏德國不斷地挑釁。大家不想到底該做什麼，無力的政府沒有目標可以指給人民，於是大家敷衍塞責地過去。因為過分對已成的繁華景仰，就是沒有進步的表現。

陶醉在自由繁華的空氣之中，是人生的樂事，但是生命並不是這樣的隨波逐流，敷衍了事，但求目前些微的快樂。我們每個人都有個趨赴的目標與理想，一個民族還有一個共同的目標與理想，但是法國與法國人已經沒有。這整個的暗影，那時候在巴黎已經是表現得非常清楚了。

當德軍圍攻巴黎的時候，關心巴黎的人，都注意巴黎會不會抵抗一下，或者會不會焦土？據理而論，只要守著塞納河，使巴黎不被完全包圍，巴黎是可以一守的；如果有一個巷戰，我相信德軍免不了要有重大的犧牲，因為重大的武器這時候是不能施其威力的。但是巴黎終於宣布為不設防的城市而開城迎敵。一般小市民們都躲到郊外樹林中，探頭探腦，等秩序恢復了溜進來。夜裡，星月皎潔，萬籟俱寂，寬大的柏油路上，沒有人聲，音樂聲，沒有叫賣聲，只有悽寂而悲涼的德軍皮靴與馬蹄的聲音。但是第二天，德國布告出來了，叫市民安居樂業，有幾家咖啡店也復業了。於是凱旋門中只是德軍的旗幟，滿街無線電都改變了作風，報告「偉大的」希特勒將駐節凡爾賽宮。

那麼，當初那些愛發議論的人呢？對政府要求更大的自由，更好的待遇的人呢？這些政黨的領袖，政客，學生，左傾的工人，當初對於自己的政府多言多嘴，現在到哪裡去了？這些人在他們的言論之中，個個都是反德的，但是在他們行動之中，一直是在減少政府反德的力量。德國的工人星期日都不休息，製造軍火，法國則成為四十點鐘工作制；德國的市民，節約牛油做炮彈，法國人民，則連脂粉都不肯省一點；用這樣的精神去反德，我們只看到是反對政府去反德罷了。這是個性的過分發達的結果！人是動物，他要享受，如果不能在道德上領導，似乎只能在權力下推動，否則他雖然有頭腦叫他發各種各樣的議論，但是他的行動只是求一己臨時的享受罷了。

巴黎是逸樂享受的總匯，因為他從最高級的文化藝術起，一直到低級趣味的小舞館與春宮，迎合各階層的興趣，吸收各方面的群眾。從偉大的貢古兒方場到冷僻的小巷都有咖啡館與酒窟，都有消閒的地方。馬路兩旁有寬闊的行人路，那面有許多小販在賣零星的小玩意，報販時時在叫嚷即時的消息，因為早報，午報，晚報都好幾版的出著，所以可以從早一直賣到晚。還有許多櫥窗有誘人的陳列，有許多鋪子還有人在叫嚷。玻璃窗內都是咖啡雅座，逢節逢慶行人路就是舞池。

香海麗榭的兩旁都是樹林，樹林裡坐著閒人，塞納河旁都是舊書攤，還出賣許多複製的舊畫。每條街有每條街的特色，熙熙攘攘都是人！

一個城市的行人路有誘人悠閒觀光的力量的，在巴黎之外，我愛北平。雖然性質不同，但小商攤與閒人之多則是一樣，不像紐約、倫敦、上海這樣的緊張。假如北平廣闊的行人路造成了北平人悠閒的風度，那麼巴黎廣闊的行人路就造成了巴黎人好享受好逸樂的習慣，而這也許成為這次巴黎淪亡的原因之一了。

現在巴黎終於淪亡，這淪亡，並不光是淪陷，這是精神的淪亡。同雅典淪亡一樣，像以前這樣熱鬧，繁榮，瘋狂，熱烈的空氣怕不會再有。記得在博覽會中，巴黎市政的沿革有詳細的介紹，這介紹是表示幾世紀巴黎人的工作努力的結晶，最動人的還是它將來的計畫。哪一條馬路要改闊，何處房屋要拆去，何處轉角要切去，何處要改成方場。自然，在一度淪亡以後，這些計畫是不會立刻去實現的了。

關於過去巴黎街道的寒傖情形，我們不難去知道，十七世紀文豪波阿魯（Boileau）曾留給我們很好的畫像，我現在意譯一點在下面：

在那些我去的地方，
我必須推開討厭的人群，

他們擠來擠去沒有伴。
扁擔撞著我，
好容易在我身上擦過，
另外的一擊就把我帽子打掉。
那面，葬儀的行列，
悲哀而遲緩行向教堂。
較遠處從僕互相囉嗦，
狗群狂吠，鄉人咒罵，
此地有修路工人攔住我的去路。
那面，我碰到不幸的十字架的警告，
（注：當時在拆造房屋時用板條十字架警告行人遠避。）
有修屋匠爬在屋頂上，
落雨般的撒下石塊與磚瓦。

還有有趣的是：

那面來了一輛大車，
有大樑在它上面晃搖，
威脅著圍觀的人群，
是六隻馬拉這個重負，
在濘滑的路上苦進；
停在一條路上有華麗馬車，
轉身翻在爛泥堆上，
另外一輛過來了，想穿過去，
在這困亂的地方塞住去路，
立刻有二十輛車子列隊到來，
那裡至少尾跟著一千有餘。
不幸還要增加，
在那裡，壞運氣帶來了一群牛，
大家都要過路，這邊牛吼，那邊人咒，
騾鈴參加著躁鬧不休。
立刻，群集中來了一百個騎馬的警察，

維持它們來排隊，
於是過路客接連成一個軍隊，
在和平之中看見了那些障物。
於是皇天徒然打雷給我們聽，
人們只聽見他們叫出混亂的吼聲。

這是十七世紀中葉巴黎的情形，我們自然不能目睹。現在那面偉大星場上汽車如梭，包圍著凱旋門，川流不息，整夜是發亮的電燈，在小街上也有自動紅綠燈維持交通。但是房屋同人一樣，它是要老的，十、七八世紀繁華之區，現在都淪為破陋的小巷，雖然多次改觀，但我們還可以看到它的存在。貧民們住在那裡，用地蠟擦亮破爛的地板，花布掩去破爛的窗戶。夜深時，陰暗之燈光下，建築更顯得破舊。大家都睡覺了。我從熱鬧的街道走來，更顯得世界的淒涼與寂寞，不覺心地浮起莫名的惆悵。我要唱，我唱：

深夜，冷巷裡燈光如豆，
再沒有人在那裡躑躅，
……

只有曳尾鬈毛小狗，
在這寒氣中抖索！
於是我歇斯底裡地踢這可憐的動物，
我願意牠咬我，
或者給我熟識的狂叫，
在這深夜的街頭弄點生氣，
點破這死沉沉的寂寞。

這是巴黎最繁榮的時代，我從鬧區到冷巷所感到的情緒。現在，巴黎的熱鬧被炮火掃去。如果有一個曾經在當年遊過巴黎的德國兵士，用他沉重的皮靴踏著巴黎最繁華處冷落的街頭時，我想他也許在一瞬之間全忘去希特勒的雄姿，心中浮起了無限的惆悵，嘴裡哼出與我同樣的曲調的。

巴黎亡後，法國立刻屈膝求和，但是巴黎如果焦土，我相信法國還可以繼續抗戰的。因為巴黎，誠如綏朗所說，是「幾世紀來全國所造的藝術品，也是最崇高的精神最偉大的戲劇所造成的高貴的社會」。如果連此而可犧牲，那麼人民的決心與意志是未可限量了。但是這是不可能的，因為人民在多年的逸樂之下，有一點點犧牲或者多工作一點，就會忍耐不下，還能犧牲什麼呢？他們只能增加逸樂，再不能犧牲逸樂的，除非在道德領導，或者在權力壓迫之下。民主的法國用道德沒有把他們領導起，現在在德軍的壓迫下，且看有什麼變化吧！

回國途中

巴黎有一個中法聯誼會，這個組織有三、四間房間，加上一點中、法的書報與零星殘缺的玩具，以及一個高薪水的主任，如是而已。這主任是曾來中國過，自然同那些中國政客們有點來往的。每年一個法郎會費，他歡迎每個中國學生去加入，以充會員，而便呈報，但學生們還是懶於加入。因為不加入的人還是可以去看報。看報名義上不准，但事實上不能禁止的。可是有一個可以吸引學生們去充會員的理由，是介紹學生到船公司去買船票有一個半價的折扣。不過這學生應當有一年以上的會員資格，所以不想回來的人還是不去加入的，而想回來的人就是在英國、德國的學生也都到巴黎大學去報一個名，去領會員的資格的。我自然也有會員的資格，但是這優待條件於十月以後忽然取消了，因為與船公司訂的合同已滿。新合同大概是八折，普通學生到任何旅行社可以買到九折的優待，有一點點熟稔都可買到八折的，所以當時想於年底回來的人都在十月前去買。但是我可失去了這個機會，因為我回國的決定是動身前三天的事。買票的決定是受一位朋友的鼓勵，這位朋友於九月底就買好半價的三等船票，路上也沒有較好的朋友，所以約我同走。我買的是四等艙，可是票價還比他貴許多。到第二天我忽然有了退票的意思，因為我想搭西伯利亞鐵路，先到天津、北平去。北平為我第二故鄉，失陷後時時使我念，所以想去看看，同時也想做點記者的工作，但終於被朋友勸阻。說是危險，我倒有點想冒，因為手頭拮据，使我不能隨興工作走路，則是使我接受勸告的原因。

X月X日夜，在巴黎搭車，第二天上午到馬賽，飯後上船。法郵四等艙，在它的組織與設備上看，可以說完全不是給旅客旅行，而是預備運載他們軍隊用的。成千的可架可拆的雙層鐵床，團體的臉盆與浴室，以及由搭客自己領飯菜洗碗等等，都是適合軍隊的一種生活。

上船時搭客很少，天又冷，電燈沒有，每人除草墊外，發兩條毯子。大概有十來個人，除三個中國人，兩個日本人外，其餘之半數是安南人，半數為黑人。中國人中，除我以外，還有一個是學農事的學生程君。還有一個是在英國船上做事的福建人，他不會說法文與英文，從倫敦到馬賽是同那兩個日本人作伴的，起初我們也以為他是日本人。日本人也是船員，與他同路，在賬目支出上很有點不清楚，這位福建朋友有許多地方是吃虧的。幾天後他告訴我們，由我同程君向這兩位日人交涉。交涉時言語不通，很有點苦，我不會福建話，日本人不會法語，程君不會英文，但可以說些廣東話。幸虧那位福建朋友還懂廣東話，所以程君必須用普通話或法語將廣東話譯給我聽，由我再用英文譯給日本人聽。如此周折，費了半天工夫，才算有點結果。由日人方面找回點錢，自然還是不足數，但既無收條與憑據，占一點面子也就算了。

當晚，我們去領晚餐，領晚餐是要分組的，最好是十人一組，則可以在自己菜碟刀匙等外，有齊備的領菜領湯的大餐具，如是則只要一個人去領就可以，以十人分配之。那麼每個人領三天飯，就可以度過一月旅程中的飯食。但是旅客的目的地不一樣，就發生了問題。當時安南人自成一組，黑人自成一組，剩下來自然是我們三個中國人與兩個日人成為一組，這在我沒有什麼意見，第一這於我們沒有損失，第二我也想由此知道他們船工的心理與對這次戰事的態度。即使如後來大家所猜疑的他們是偵探或奸細，則在我胸中並無被偵探的東西，我也不怕什麼。可是程君是熱血的青年，他不主張同他們一組，於是我們三人領些不齊全的用具自成一組；這兩個日本人則附到安南人一組裡去。

我們在黑暗中地上就餐，其實當時都不曉得，到第二天我們才發現，有十人可坐的桌子與凳子在角落上，可以由旅客自己架起來的。飯後我到三等艙去看我朋友，見他們汽爐很暖，電燈很亮，甚為羨慕；甚愁自己身體不好，萬一暈船，勢不能越過上下甲板峭峻的樓梯去領飯餐，所以很想換票。

先問茶房頭，茶房頭說：「換票要加錢的。」當時我們以為他態度不好，大王好見，小鬼難過，所以我們去見買辦，其實後來我曉得這茶房頭，是別有用意的。

結果我因為帶錢不多，沒有換票。到第二天艙中電燈亮了，桌子也架起來；而且艙大人少，甚為空適。我同安南人們接近談話，也感到另有趣味。並且有更多希圖，想與一路上來的諸弱小民族的人民多多接近談話，多增點觀察與交換，所以心反而安逸起來。但對於這四等艙的組織與管理，我感到實在是太馬虎。以洗食具地方來說，在建築上是有一個小窗，大概以前是有人管理洗滌的，現在則小窗早閉，自己從門裡進去自己去洗，所以更加凌亂了。

在我所知道與接觸的人種來說，該是安南人最給我柔和而親切的印象，但在這些柔和親切的印象中，我尋不出他們多情的地方。他們談話使我舒適，非常大方地待人，一點不吝嗇他們的東西；把水果或別的東西給你吃，借東西給你，幫助你，諸如此類，在歐美或中國人、日本人中，像這樣是絕對尋不著的。

要說安南的氣候使他們懶洋洋地過無效率的生活，或者說這就是亡國原因的一種，我不爭辯，但在許多熱帶的人民之中，安南人給我特別柔和親切的印象我是要堅持的。

在這群安南人中，記得一個是廚子。他有安南中年以上的人常有的黑齒。黑齒恐怕是安南落伍的裝飾，以前讀中國小說，記得也有所謂「滿口烏牙」的插寫，不知所指是那一處人民的風俗，可是與安南相近的地方？這只好待明人指教。他有一個吊床（hamac），吊在甲板上整天悠然自得地晃搖。大概是第二天，艙中的地板被旅客們弄得很髒，他在掃，並不是只掃他或他們一部的地方，而且整個的掃除。我當時還不知道四等艙並無所謂茶房，所以誤以為他是茶房。後來才知道安南人中有這樣勤力愛公德的人。他不會說法語，常常露黑牙笑著迎人。還有一個是頭等艙裡一個法國商人的汽車夫，還有一位是飛機工程師，也會飛行，在法國學成後，就在法國任職。他是社會主義者，告訴我許多巴黎安南學生的情形。安南學生在巴黎有三個派別，一為共產主義，一為左翼社會主義，一為右翼社會主義。在現階段中，三個派別完全一致，所以他們學生會的組織情形甚好。不像中國學生在國外，爭權奪利，分黨分派，永不相安。安南學生有的因從小受教育的關係，頗類中國教會學校受毒很深的學生，願充洋奴一般，以入法籍為榮，所以法國人見黃種人時，有的就問：「你是法國人麼？」這種詢問其用意常不是侮辱，但聽者總是不高興的。這位工程師是有許多法人請他入法籍過，他都拒絕，他要的是安南獨立。他的行李都很講究，後來我在三等艙遇見一位安南人，他告訴我這工程師在巴黎曾有二輛汽車的。他行前在倫敦搭飛機到馬賽來搭這船，他在另外一個公司買的船票，並沒有熟人，可是比我們有中法聯誼會優待的還便宜兩鎊，這是使我不得其解的。還有一個是小商人，沒有同他多談。他們很有組織，每到停船，多數上岸玩去，總留一、二個看行李。我的行李有五件，因為船上有遺失可能，我把大的搬到行李房去；一隻是書，極重，幸虧這位福建朋友幫我忙；他也很瘦，但當搬在峭直的樓梯上時，他說兩人抬還是由他一個人背好，我很驚奇他的力氣。後來才知道他在船上工作過十多年，他說初上船時，船暈得不得了，隔了兩星期就完全如履平地。十多年中他工作過船上一切的事情。他很壯，可是最後有一次在高處摔下，死去四個鐘頭，後來由公司供給，在英國最貴族的最有名的醫院中待了一年，現在所以瘦成這樣。這次回來，是由公司給他船票的。起初給他一張日本船的三等艙票子，他拒絕不要，所以他坐四等艙來。我的大行李存到行李房後，還有兩件小的，我於上岸時就拜托安南朋友看管，他們總是很客氣的認真的接受。他們間，如我所說三位，職業不同，生活不同，教育不同，但都有一個共同的溫柔與親切，這使我想到安南的姑娘該是多麼溫柔與親切了。所以後來我在三等艙中，對於兩位安南的姑娘，很有接近她們，同她們交友的想頭。

在三等艙中，忽然有人疑心到四等艙的日本人。第一他們時常同船員談話，詢問船上的貨物；第二他們為什麼不坐經濟而舒適的日本船，而要坐法國郵船？因為我在四等艙中，所以托我注意他們一點，並且探聽探聽他們。自從程君拒絕他們加入領飯組後，又兼為福建朋友交涉賬目事，我自然沒有同他們談話。這時為這責任，我就起了點好奇心同他們談談。才知道日本走歐洲的郵船，本來有十三隻，現在為軍用關係，只有二、三隻，而且沒有定時。他們等在倫敦的費用很大，所以搭法船了。這是真理由還是假的，當時並不知道。中國人間，猜想很多，有的說，現在每隻來中國的船，都有不三不四的日人，有的說這隻就裝有幾艙軍火。一個我在廚房碰到的中國廚子說起來還是我的同鄉，他告訴我，好像他見過一樣，說這船裝了好幾艙軍火。後來也不知道哪裡運上一隻大木箱，令人猜想到裝的可是飛機。後來去一看，才知道是空木箱。空木箱不在本地做，而要這樣運裝，我至今不明白，除非這木箱是屬於船公司的。其實這些都是外行的猜想，一位資格很老的船主，歐戰時常運軍火的船主，也搭在這三等艙上。他告訴我，這樣的客船，絕對不會裝軍火的。絕對，他說得非常絕對，因為這是公司信用，假如一旦出事，豈非太對不起搭客嗎？但是我不懂為什麼這是絕對的。香港有一隻裝汽油的英國船爆炸了，這汽油是運給中國的，爆炸的原因不知是不是敵國間諜的行為，有的說是的。這位船主就是公司方面派他去調查爆炸的情形，與處理善後的。

馬賽上船的黑人們在吉布地上岸。從吉布地到哥倫布，四等艙中完全是這幾個黃種人，是一路旅行最空的一段，三等艙中多了一個安南的家庭。父親在吉布地法國的一個公司任職，在那裡待了十年之久。現在因公司待遇不好，所是辭職回家。在吉布地這樣荒瘠地方，叫一個在豐肥土地上長大的人去待十年，這在開始一、二年怕是比坐監還苦的。他有兩個女兒，三個男孩，都非常瘦，這是吉布地孩子的一個特徵。可是他可有一個豐滿的太太，在這樣地方，生產過孩子，待過十年，可是看起來絕對不像五個孩子的母親。這令人感到她一定是一個善於駐顏的女子。一個女子長得美麗不稀奇，年紀輕不稀奇，不強健不稀奇，能在人生過程中年齡長了，子女養了的種種變遷，獨保持她的美麗，康健與年輕，這是一種奪天之力，在這世上我見過的不多。西洋女子容易老，中國女人容易衰，安南女子自然不是個個都能駐顏，但以這位太太而論，我是有點稀奇的！這是一個西洋太太去就該私跑，中國太太去就該生病發脾氣的荒瘠地方。環境變動，在生物界是自然淘汰的，人類自然以改變環境為萬物之靈，可是這是社會的，不是個人的。一個人沒有錢，並不能在有蚊子的地方抵防它的襲擊的，最多也只能編一面扇子來趕趕，以代替牛馬的尾巴。所以許多西洋女子被中國男人帶到中國內地，也就要鬧離婚與回國，她們不會改變自己適應新環境，更不能改變環境適應自己，所以不是逃就是生病。有許多過得好的，那大半都是賴男人為她改變環境，正如帶熱帶的禽鳥與植物到寒帶，我們必須用暖房才能夠把它養好。所以這位安南太太之駐顏，我想怕還是她丈夫之功。自然他們是「高等安南人」，房內的物質還不難辦到；可是養一個女子的難，凡是做過丈夫的人都曉得的。不是養得太胖，常常胖得像一隻豬，就是養得太瘦，不是養得一點禁不起風霜的嫩芽，就是變成早老的樹桿。這使我對於這安南丈夫的行動，尤其對太太的行動，注意起來了。兩個女孩，一個十五一個十四，但這是熱帶的歲數。安南話外會說阿拉伯話與法語，都很沉靜。小的較美，有細長的手指，淺藍的眼白與純黑的眼珠，以及細柔的頭髮，常常獨自凝思，該是音樂天賦很厚的人。

對於旅行的態度，人人是不同的，各民族間恐怕也尋得出區別。有的安處如家，有的東張西望，有的逢場作戲，有的思量揣摹。這與個人民族的性質固然有關係，與所受的教育與習慣也有關係的。普通西洋人對於旅行中的恣意浪漫，與我們絕對不同，恐怕與民族性的差異也有關係吧。這種浪漫，可說是不負經濟與名譽以及一切責任的享樂。在這次旅途中，就有一件浪漫的故事助我們的旅興。說是三等艙同艙有兩個女子與一個船上的音樂師調情。有一天當乙女在甲板上時，那位音樂師就在她們艙中與甲女風流。他們以為房門鎖著可以無事，誰知乙女一看門不能開，明知甲女與音樂師在裡面，故意向船上聲稱房門出了毛病，於是木匠將門撬開，發現二人正在裡面，一時傳為話柄。但這話柄是暫時的，大家來無蹤，去無影，等船一到碼頭，就此就會視若路人。記得我出國時也見過一個女客看上一位水手，這種事情東方人決不會做出來。偶爾有西洋旅客向中國人調情，有的上了當後悔莫迭，沒有上當的還以為西洋人多情。這是可笑的一種演出，但在傳下來的故事中是常可聽到的。

波賽有許多工人上來到可倫波去。這些工人是蘇伊士運河兩岸的人民，蘇伊士運河兩岸就是兩種民族，是阿拉伯人與埃及人。這兩種人民在外表上是難分的。對於異族的貧苦人，常常是被大部分中國留學生們輕視，我不知道他們的心理。他們以擠在白種的流氓群傲視殖民地人民為光榮，以與白人交談為貴，與黑人交談為賤的。在吉布地，一位震旦大學出來，在法國學工程的人，用凶狠的態度要打一個討錢的小黑孩，可是在渡船碼頭上與一個不相識的法國流氓極恭敬地打招呼拉手，我至今想起來猶感到中國教育的失敗。在後來那群工人群中，我與他們有些交談，有幾個清華出來的學生，暗地裡在笑我失去自己資格，我感到一種沉重的壓迫，中國到底是否需要這種擺洋奴架子的人才？在我是有疑問的。

在那群工人中，有一個人帶一個簡單的土樂器。樂器雖然簡單，但在傍晚時候，水平如鏡，晚霞西掛，微風徐來之時，許多工人圍著這個音樂，擊著拍子唱一支歌或跳一點土風舞，在我則感到是比中國拉胡琴唱京戲有點意義。我不懂他們歌義，但這種素樸簡單的節奏，至少是宜於工作後團體的娛樂與運動。中國民間沒有團體的舞蹈，是失傳還是一直就沒有過，我不得而知。可是這團體的舞蹈與歌唱，我感到是鄉間生活最好的點綴，春耕秋獲的傍晚，稻場上一村的老幼男女聚在一起作一點團體的娛樂，於精神感情該有多少補益。各國都有他們的土風舞，我不很相信中國以前沒有過，孔子不是也提起過麼？假如以前真是有的，那我想詩經一定就是民間團體的舞曲，他們唱著，依這些拍子舞著，在工作以後，天日之下，薰風之中。但是中國失傳了，他們還流行著。這群工人中，有的兜賣埃及的錢幣，有的來觀光你有趣的用品；但有一個共同的嗜好就是他們愛喝葡萄酒，可是不愛喝茶；他們有的帶著果子，非常大方給你，但拿你或借你東西也非常隨便，酒放在桌子上就沒有，玻璃杯也被他們拿去；這種素樸的性情，在我看來倒是可愛的。

可倫波上船來的有些錫蘭人與印度人，他們都睡在甲板上。錫蘭人似乎沒有印度人有味，固然在外表上是沒有什麼大區別。一個很誠摯的印度青年同我談許多話，他是甘地的信徒，受過中等教育，並且告訴我他們怎麼在同情中國的抗戰，什麼捐款運動，抵制日貨運動，都在推進；還告訴我一點印度的學制，臨別時還給我地址，叫我時常同他通信，可是我竟因生活的不安，一直沒有寫信給他。

到新加坡，許多中國同學上岸了。這裡已像中國的土地，無意之中，我竟會到了一個上海的朋友，也是我們吃到中國菜的第一個港口。可是船停泊的時間很短，我們隨即向西貢駛行。

西貢是法國殖民地，法船停泊在這裡的時日也最長。那群安南人都在這裡上岸，中國同學去內地的也都上去。那個吉布地上來的家庭，已回到他們十年闊別的家園，船未泊時已用望遠鏡望岸上的親友。這種情境更使遊子們渴想早回自己久別的家園了。

早有人告訴我，船停西貢時是最難熬的時間，天氣炎熱，又沒有海風，蚊子又多；身體不好的人，坐四等艙到西貢十九是要病倒的；前次就有三個中國同學坐四等艙回國，在西貢三個都病倒了。那三個同學我都認識，都比我強健，所以我很想上岸去住幾天旅館；

可是後來一想，前線的同胞都在戰壕裡泥漿中過活，我難道連這點苦都沒有勇氣吃？於是我決定作罷。

這個黑齒的安南廚子也上岸了。他所有的那架吊床是我所想有的，起初我托安南朋友，替我買一架，後來我自己偶然見到，所以就自己買了。

在西貢，商店內有許多都是中國人，他們說的都是廣東話，福建話。可是有兩次我會到說普通話的人，一次是問路，在一個刻字鋪中，一個年輕的伙計用普通話同我講，他曾經到過天津，他的兄弟還在那面。一次是想買一條領帶，非常好看而便宜，我問他可是東洋貨，用各種語言都不能通話，後來出來一個十來歲的小姑娘，頭髮燙著，睫毛很長，長衣短裙，用國語同我談。這國語決不是所謂中國北方話，是她在學校國語書中讀到的口音，很令我感到有趣。

四等艙整日整夜在裝貨，沒有法子待，也沒有法子睡。我們第一夜去看安南戲，安南戲簡直完全是同廣東戲一樣。在戲院裡我很注意來看戲的安南人的諸相，在表面上他們與中國人實在是並沒有什麼分別。我們到天亮時才回艙去，那時候工人們都很疲倦，工作也懶洋洋地在進行，噪聲減少了，有許多都倒在地上睡著，於是倦極的我們也得到一個瞌盹的機會。第二天我們到中國城哨龍去玩。在所有的中國人中，我聽見的以廣東話、福建話與寧波話為最多。安南離去了這麼久，安南還是傳統著中國的文化，哨龍城還是完全中國人在那裡營業工作生存。世界上有幾個民族具有這樣生存與繁殖的力量？以為可以用從野獸遺留下來的蠻性把中國征服，那是不能令人相信的。遊哨龍回來較早，因四十鐘點以上沒有睡覺，對於起重機及工人們叱喝聲也有點聽慣，所以也就迷迷糊糊地睡著了。那位福建朋友已在新加坡上岸，程君本打算西貢上岸的，現在已打算改走香港走粵漢路。哨龍回來的那夜，程君於睡著時失去了所有衣帽褲鞋。醒來一看，什麼都沒有了，只好借買配置。這些地方都可以使人見到四等艙實在不是旅客的位子。

第三天，走海防去滇的朋友上岸了，船上中國朋友更加寥落。三更時分我一個人在甲板上對於那工人有好奇的觀察，我奇怪為什麼這西貢的碼頭會都是黑色的工人而沒有一個安南人，他們的生活情形如何，我很想知道。但是他們正忙於工作，同我語言又不相通，沒有辦法去談。一個開起重機的人正在我旁邊，我很注意他，他該是已經乏極，在下面裝貨的一剎那，他沉沉地睡著了。下面船板上裝貨的人見起重機不上去了，於是吼喝以至咒罵，於是派人爬上來看。我冷靜地想，假如那人死在起重機上又將如何？我一夜未吃，肚子很餓，下去就食，在甲梯口上看見一個拿著鞭子看守工人的巡警，每個工人下去都要給他查過才放行的。些工人是包工，還是論時間來換班我不曉得，但這時已經五更，我們的船於八、九點即將開行，所以工人都已下去了。每個下去的人都給他查過，但大都帶一小包米或一帽子米。西貢是裝米地方，他們不過在漏洞裡拾一點而已。這巡警對於這小數都還不放行，我於是同他交談，勸他對於這些儘量客氣一點，但他以為太客氣也就會出事的。我下去果腹時，經過一個擁擠的吃食鋪，吃食鋪外，還有許多擔子。那些下工的碼頭工人正在那裡就食，我忘了自己的目的，出神地觀察他們食品，大概因為當時同情心太強，對於理解方面反少了思索。我結果沒有走遠去，回來時想到正要啟行去海防的朋友，他們的船就泊在不遠，我於是走過去，可是他們船梯已經去掉，正要開船了。我很希望我的朋友何君會立在甲板上或靠在欄杆上，讓我向他道聲珍重，可是沒有。我看船掉了頭，那時正是東方天色紅到頂點。一輪不刺目的太陽在海底擁上來的當兒，我看他們的船駛去，感到一種無限的悵惘，悄悄地回到自己的船上。

未到香港前，那個寧波廚子就對我說過香港碼頭之腐敗凌亂。在西貢停三天，因為安南朋友們都上去，無處可寄存行李，我就把行李拿到三等艙朋友處寄放，所以到香港時我只有洗盥用品在身邊，此外就是一件破晨衣與船上所備的草褥與毯子。香港停的時候並不多，但我因為在新加坡一個書店中，在一本雜誌裡尋到幾個朋友的地址，知道他們已搬到香港，所以在匆忙之中，也要上岸尋他們去。上岸的當兒我把晨衣與盥洗用品都蓋在毯子中，臨走時我隨口托那兩個日本人替我注意一點。但是下午我回來時，晨衣與洗盥東西倒在，只丟了一瓶西蒙蜜，可是草褥與毯子已經沒有。據日本人說他一轉眼就找不到了，他自己的毯也丟了一條，原來是船上水手與當地碼頭的流氓，在客人上去時將這些東西都據為己有，租給新上船的客人們。香港上船的中國客人很多，將頭、二、三、四艙完全塞滿。我起初見到那些新客人也有毯子與草褥，以為這自然是由船上發備，後來才知道船上對香港上來的客人並不發這些東西的。但是我必須向船上交涉，否則還有兩天兩夜的工夫，我只能夠在鐵架子打盹。同我同去交涉的人還有兄弟兩個，也是香港來的客人，因為我會法語，所以托我一同去說。可是這買辦毫無辦法，最後托一個水手拿東西發給我，但這水手只給我二條毯子，因為草褥已經沒有。到第二天這買辦查票的時候，問我可有睡具，我說沒有褥子。他恐怕我再向他麻煩，就掉頭而言他，這是法國人辦事不認真的特性。我也不說什麼，因為我那時已經另有辦法。夜裡因為四等艙人多，太臭亂氣悶，許多人都換票上三等艙。有一個帶有鋪蓋的人也換票了，我向他交涉借我鋪蓋一用，他不肯。在馬賽上來，一路來會見中國人如見親友，隨處必互相幫忙，一半自然也是國難期中之故，有一個西貢上來的中學生，同我們談後就非常親切。到香港後見中國人已多，所以都互相忌疑。這時三等艙的法人茶房頭，見我與兩位中國人在交涉毯褥，他忽然向我交涉，給他多少小錢，讓我們三人睡到三等艙去。後來因換票的人多，他又不敢做此買賣。一直到十點鐘，我向他交涉，他見還有空位，想再無別人換票了，所以允我上去，但不要我錢。這是他要卸脫他的責任，實際上他還是要我的錢的。我見那兄弟兩個因為沒有鋪蓋，在鐵架上假睡，情形殊慘。船從香港開後，氣候轉冷，三等艙汽爐已放，四等艙無鋪蓋勢難入睡。所以我也叫他們出點小費上去，他們很高興。可是等我替他們向茶房頭交涉妥當，兩兄弟商量後又變卦，寧願在四等艙受罪，其原因實在是疑心我也是流氓之類，恐怕上我的當。船上買茶水，買飯，買帆布椅，他們已經花了不少冤錢，所以又疑心我也在做買賣。我不怪他們，但我深感到中國社會之混亂，不合理的買賣與欺騙太多，因而使同胞相見，互相猜疑防備。這實在是一個可怕的現象。而大部分的中國生命力也都耗在這種地方，因而反不注意工作之效率與實事之成敗。靠手腕取巧卑鄙惡劣，則隨處都可以獲得最好的報酬。

這是一個變態的現象！

香港上來的新客人所領的飯菜比歐洲上來的要壞許多，但是第一夜廚房發給我時就發錯，這些都可見到船上組織之不好，或者是有人在從中取利。因為香港客人飯菜不好，因而中國廚子乘機兜買飯菜，可是也有老客人買船票時就沒有買進膳食，而買進膳食的也不知道自己有否膳食，結果常常多花冤枉錢。我搭三等艙到了上海，但我想起上船時茶房頭的態度，深悔當時沒有同他做私下的買賣，因為這一次旅行，我輕了十磅，幸虧沒有暈船，也沒有病倒，但從新加坡到香港，我全身生溼氣，到上海後才逐漸好去。

船到上海了，旅程足足一月。上海已不是上海，但上海人還是上海人。在這人海中，我竟看不見中國的怒吼。

談中西的人情——給西洋朋友的信

V. N.吾友：

我說一到上海就給你信，但現在到上海已經一月了，一直沒有給你們信過，思想起來心頭總有點不舒服，欠人一個諾言，有時比欠人一筆債還耿耿於懷的。但是一月中，我沒有一點鐘工夫有閒，無論是肉體或者心境；也沒有一張桌子可以允許我整個的占有；更沒有一間屋子可以讓我獨個兒待到半點鐘以上。假如了解這些事實，那麼，朋友，對於我沒有立刻寫信給你們自然會原諒我了。

我現在已經自己租到了一間房間，有了一張桌子，占據著一縷窗戶中進來的陽光，因此我能夠比較安心地寫幾封信。租到這房子真是不容易，上海的房子本來就比倫敦、巴黎貴，現在幾乎沒有房子空。我費半個月工夫方才尋到，我想這現象是有點出你們想象以外的。其實這還不是最可怕的情形，當上海在中日爭奪的時候，租界中難民的集中，已將超出原來的人口，幾乎沒有一間房子不住三、四個人以至十幾個人的。許多沒有頭腦的西洋人，以為這是中國人的紊亂無緒的地方，這實在是可笑的。

在戰亂中，每個較太平的地方的住戶，他們都自動地招待那些被完全是殘殺的轟炸下逃出來的親戚朋友，這是充滿人情，或者說人性的中國民族性的表現。朋友，你們肯用最大熱情想研究中國文化，你們肯以最大努力來讀中國文字，你們應當知道中國民族最偉大的地方，正是他最富於人性。在現在資本主義的機械文明時代，人性似乎是封建的情愛了，但假如世界真如歷史所啟示前進的話，人性與機械文明的結合調和，才是我們前面較幸福的社會，這是極合乎科學方法的推論的。

上海並不是富於中國民族性的人民居住的地方。它同許多碼頭一樣，正如威尼斯，馬賽，可倫波，波賽……是被國際流氓、市儈歪曲了的地方。但是在戰亂時候，這租界裡每個家庭都儘量容納外客，把床讓給比自己年長的客人，自己家大小七、八人都睡在地下。我還在巴黎時，我想大家都讀到過上海糧食缺乏的消息，《Paris Soir》的畫刊上還刊載過上海的中國人民怎麼在只許每人買一元錢米的情形下，用傘在五、六尺高的小窗中，吊一掬米的照相。但是該想到那買米的人民們家裡正招待著許多客人，他們不收這些客人一個銅元，一月、兩月熱情地儘可能的燒菜燒飯給客人吃。我有一個朋友，他們家裡在戰亂時，除招待自己的親戚朋友以外，還招待他們僕人的親戚朋友，達兩桌之多（按每桌為八個人）。這些例子是舉不勝舉的。那就是人世上的溫暖與情愛，一個人有了這種溫情，他可以在物質困苦之中生活，他可以在淒涼的人世中不感到寂寞。世界上一切的商埠，也許有不存在中國貨的地方，但是沒有不存在中國人的地方。他們帶他們的親友與同鄉，在困苦之中生活。他們寧願兩個人吃一塊麵包，不願一個人吃兩塊麵包。在歐洲，看移民是一件天大的難事，但是，像歐洲各國限制中國商人工人入境到這樣境地，可是中國人民還是在各處移殖。一個地方，只要有一個中國人，就可有兩個，兩個中國人一到就可有四個人。他們有的一句話不懂，也沒有護照，冒著凍餓，偷過國境，在各處奔走。他們為什麼肯這樣？就因為他們只要遇到一個同行的同胞，他們就可以立足，他們就可如現在的逃難者一樣，可以不要付錢而吃飯住房，可以等待別人替他們設法，一直到可以自立為止。世間上到處有中國人，因此世間到處有這點溫情，於是中國人可以相信「天下沒有餓死的人」的諺語。安南屬於法國已經多年了，離西貢不遠有一個地方叫哨龍，那完全是一個中國城。那裡的人民都是中國人，他們用中國言語與文字，過純粹中國的生活。這個城自然不是一朝一夕形成的，但這個城的形成，靠的不是武力與軍器，而是人生中一點點人情的契合，這是無疑的。假如歐美各國不用各種人力的限制，我敢相信，世界上沒有中國城的國家是不會存在的。上海是的，現在房價大漲了，租房子還要出頂費，分租人家房子也很貴，並不因收容逃難的同胞而減低房租。但這是合乎經濟原則的必然的現象，與人情是沒有關係的，可是假如其中有點親戚與朋友的關係，房金也常常可以較時價低許多的。

說中國人最富於人性與溫情的話，在許多社會現象上很有使人不相信的可能。英國人肯領導問路的旅客到家門，在中國許多都市裡的人常常用最冷酷的面孔與言語回答問路的客人，那麼中國人的溫情又在哪裡呢？但這只是中國人生活被帝國主義經濟剝削因而形成的變態的壞脾氣，他們不但對於別人這樣冷酷，他們對於自己也是這樣的冷酷。病倒了不求診治，永遠沒有出門娛樂的心情，愁眉不展的整天沒有笑容，這種心情對於西洋失業工人醉後回家打妻孥一樣的道理，是我所謂人情以外的事情。真正中國人對於問路的客人是先請其到家喝一杯茶，在鄉村問路，留飯留宿，也是普通的事，茶飯以後方才雇車或派人送其回家。近來因社會不寧，留宿的主人常有帶進盜賊的可能，所以日見其少，但如果知道旅客的來源，或有一點點認識，留宿留宴也還是普通的常事。中國的民族最富人性，因此中國人把所崇奉的神都看作人，中國對死人作祭文，供祭祀，燒紙錢，都是把死後的世界看作人世一樣，因此中國人沒有宗教。一般的中國人的神鬼觀念，就是看好人死後作神，壞人作鬼，但是無論是神是鬼，要錢花，要飯吃則是一樣，所以都是人。西洋的人雖然進天堂，但永遠不是神，可是歷史中文學中把英雄與美人常常看得了不得高，因此英雄與美人常常不是人，常常失去了人性，於是千餘年來永遠相信那馬利亞童貞生耶穌，於是拿破侖，於是……，甚至現在對於馬克思……。因此西洋人善於擁護領袖，信仰主義，中國人出過許多了不得的領袖，但領導不了整個的中國。中國透進過許多不同的主義，但中國人不能普遍的永常的相信主義。中國人要的生存，互助的，溫情的生存。中國人有長時期的皇帝統治，但並不因為那皇帝是他們的領袖，而是因為那皇帝讓他們生存。中國人民因為愛溫情，所以最肯在窮苦中生活。但當人家逼他不能生存時，中國有最耐勞的爭鬥。因此有過去的歷史上的反叛，而現在中國人民也在抗戰了。

在你們替我餞行的那天，N的叔叔說出他與列寧共同策劃討論蘇聯當時革命的種種，充分描摹出列寧的人性，使我感到許多人把列寧當作神一般的看待，是多麼可笑的事情。蘇聯許多有教養的歷史家也自然把列寧當作人，但一般人不但把列寧，而且把斯大林也看做是失了人性的英雄一般，同希特勒在德國，莫索里尼在義大利一樣，大家對他每一句話是必須鼓掌的了！N的叔叔在中國有過十幾年的停留，知道中國民族任重致遠駱駝的精神，以為中國一時也許沒有兔子快，但當兔子渴死累死在沙漠上的時候，駱駝還是泰然負重而前進的。但是中國人並不都是這樣想，他們不管自己是什麼，即使是烏龜，在爭取生存的時候，他還是要同兔子決一個勝負的。

中國人不信領袖，但信「兄弟」與「朋友」；西洋人叫做：「comrades」，中國譯作「同志」，其實不如乾脆叫「兄弟」，世界上沒有人再能如中國人一樣把同階級的人當作兄弟。中國對朋友寫信稱兄弟，演講時稱自己為「兄弟」。這個兄弟的意義就是一家的意思。《水滸傳》是中國偉大的反抗社會的小說，「兄弟」在那裡面表示的就是現在所謂

「同志」的意思。中國人重兄弟，因此也最重交情與友誼。為朋友犧牲自己是中國傳統的美德，同時也是普通的現象；假如中國有領袖，那除領袖應有的知識才能，還需要同大眾完全以兄弟相處的人，就是與大眾共甘苦的人，有人說朱德、毛澤東成功了，那他們具備的是有與大眾以兄弟相處的一點。

中國人民愛和平，愛溫情的平和的生活。但數十年來，四萬萬五千萬中國人民在水深火熱之中，天天在災患飢寒疾病裡掙扎。他們沒有飽暖，沒有平和，但他們還有溫情。二十多年的內戰，並不能以為這是中國人民不愛和平的明證，而是證明中國人民要求溫情的生存。中國軍閥利用人民不能生存的經濟條件，利用他們家破人亡，親離友散的沒有溫情生活中，利用他們沒知識，以「兄弟」的概念給他們一點溫情，以「大哥做皇帝，兄弟都發財」的意識欺騙他們生存的途徑，以引誘他們做內戰的兵士。你叫我寄《水滸傳》給你，但我想你或者已讀過它的英譯本了，那裡面就充分表示這種結合。在土匪，在流氓，在軍隊群中，幾十年來都是以這樣「一家」的溫情為團結的骨幹，以「哥哥做兄弟，大家都發財」為他們的理想的。這一直到北伐時候，才以「同志」的溫情代替「兄弟」的，以主義代替「一家」，以「打倒帝國主義」為求生存的出路。但這些還是少數知識階級表面的口號，內骨子還是同以前一樣，看到後來種種擁護個人的多次內戰中就可以證明了。甚至在以後許多地方的知識群的爭鬥，不管是多麼有教養的學生，不管打什麼樣的口號，在擁護私人不擁護理論一點看來，還是有這種腐敗的意識在。

我在這裡不是說愛溫情平和，肯吃物質上的苦是腐敗的民族性，我是說這樣好的一個別個民族所沒有的民族性，被種種人、種種不好的組織所利用，形成了腐敗的意識，成為最有害的東西，於是一切公私組織裡任用私人，社會上排除異己，把握壟斷等等現象都出來了。

要把這個人性的民族性引到一個正確的意識上，中國是需要勞苦的農工有知識，有了知識，就不會將可貴的溫情濫用在壞處。我們曉得一切可貴的東西，都可以用到壞處，也可以用到好處，中國的民族性也自然是一樣的。

在日常社會生活中，中國家庭幾乎天天留往來的親友吃飯的，金錢的往來更是普通的事情，此外婚嫁喪事等的巨大耗費……這些都是與西洋不同的。有教養的西洋人以為這是中國文化悠久因而多禮之故，實際上這些都是反映中國民族人性的豐富之處。

當我在大學城的時候，收拾房間的女佣是一位六十二歲的老婆婆。早晨有時同我談家常，告訴我她兒媳婦將養第二個小孩了。這位老婆婆希望她不要再生兒子，希望生下來的是個女孩子。希望這樣，希望那樣，同我談。她關心她兒子，關心她兒子的一切，她的仁慈的面孔，懇切的語氣十分使人感動。她丈夫是歐戰時死的。她供給他兒子讀了二十年書，現在他已經是一個電機工程師，與一家電料行的老闆了。但是他不供給他孑身的仁慈的六十二歲母親一個法郎，不招她住在一起，任那位白髮的老姥姥在八小時工作之暇，懷念她的孫子與孫女，喁喁向一個異國人訴她的孤獨與思戀。在中國文學中有一篇了不得的作品叫《離騷》，這老姥姥的情感使我聯想到《離騷》中的辭句。於是我告訴她一點中國家庭的情形，兒子對於父母有養老的責任，至少須義務地供給住宿的。老母常常與子女同住，有父親在時或也分居，但也常常來往等等。她於是感動地說：「這才是一個好人生！」

我在回國的船上，一個管行李房的職員告訴我，他有一個妻子與女孩在馬賽。他結婚已經十年，只有一個孩子。我說：「為什麼只有一個孩子呢？」他說：「多了有什麼用？養大了他們都飛去了。」我說：「再有一個男孩子多少好！一男一女。中國人有句話：『一男一女是盆花，二男四女是冤家。』」他於是感慨地說：「我們不能同中國比，我們的孩子從不管他們的老父老母的，尤其是兒子。他結婚後去了，對父母連看都不來一看的！」

這些故事我可以說許多，但只要看這兩個人，我們就可以見到西洋人並不是不需要人性的生活，並不是不需要溫情的慰藉，而是機械文明剝奪她們的人生。她們也不是要子孫給她們錢花，而是她們關心子孫。不能同住，也想常常會見他們。這是愛，這是人性的生活。

假如人類的理想是世界大同，世界的理想是人類互相愛助，那麼中國人所重的這種人性，將是世界大同的靈魂。歷來中國將這可貴的民族性，表現在親戚朋友耐勞刻苦上；所謂耐勞刻苦，就是在溫情生活中他忘了物質上的需要。又因人民的無知，軍閥的利用，帝國主義的壓迫弄出內戰連年，政治不入軌等等不好的現象。但如果把這人性用在整個的人類中，那可不就是世界大同的理想了？

在以前我們會面的次次談話中，我感到我愛中國自然比你們深，但喜歡中國則比你們弱。你們喜歡中國文化，我則喜歡中國人。西洋宗教是神的，中國宗教是人性的。西洋以政治組織人，中國則是人在幹政治。西洋以法治人，中國則以人治法。西洋藝術超乎人生，為藝術而藝術，中國則永遠為人生而藝術。一幅畫一幅字都為點綴中堂與房間，一篇文章是墓誌、壽序或者遊記，甚或是應制的東西，缺少崇高理想的作品。無論音樂、圖畫、文學各方面都是一樣。但這並不是因為中國人低能或什麼，而是中國的人民太可愛。原因或者就是誤用了人性之故，因此不重物質上的享受與努力。但這些在現在，在展開歷史的另一章中，中國已經逐漸地在改進這種謬誤，已經把溫情用到整個的民族與弱小民族了。

許多可貴的東西都可以成為有害的，聰明與美麗都可以誤一個人終身的幸福，甚至於殺身或破家。民族性這東西也是一樣，運用不好也可以亡國。猶太的民族性是可貴的，猶太亡國已是多年了，但是猶太民族在世界至今放著異彩。印度已經亡國了，但是許多現代數學家是印度人。世界假如真向著大同一條路前進，那麼這些民族都是世界的中堅是不成問題的。中國將亡是古舊的消息，但中國民族不會亡是世界所確信的，可是如今中國在覺醒了，這覺醒是將改進過去民族性謬誤的運用，這改進將奠定新中國的前途的。

話說得太多，暫時總算把這個問題說到一個段落。V的信於最近收到了，說他的中文有進步，甚慰。那位James與你談得很痛快，我沒有參加，引以為憾。巴黎的春天還未到吧？我關念魯森堡公園樹林在陰雨的冬季後發芽的消息。

「冬天到了，春天還會遠麼？」原諒巴黎陽光的遲來吧，因為陽光正和暖在中國呢！

祝你們都好。會見魏蘭小姐時請代候。

徐訏　一九三八，三，五。

西流集

論中西的線條美

梅蘭芳在美國是博得好譽的。但歸納各報章的評語，很少提到他的唱功與中國音樂，稱讚的則是他的做功與動作，對於他的臂與手有一致的恭維。這是使許多東方人有點奇怪了，以為這是無理的捧場。

其實，中國音樂同西洋音樂相比，的確是落後的，這落後是程度的差次為多，而性質的差別為少。至於動作與舉止，這在西洋的確是一件新奇的事情。而且這新奇並不是好奇，而的確是一種美感。

中國人現在很受西洋的影響，在講「曲線美」了。曲線美這個名詞自然是從西洋來的，於是一談到曲線美，大家都根據西洋。殊不知中國的，或者就是東方的藝術美中，對於線條的重視是遠超過西洋的。

但是二者所重的線條是有不同的。我個人覺得西洋似乎重靜，而中國則重動；西洋似乎重具體，而中國則重抽象。這在線條之中我以為我們的確也可感到有這兩種的分別。

這分別就在於線條的單純與複雜。單純的曲線是靜的，複雜的則就化靜為動，單純的為具體，而複雜的則為抽象。

近來，美學對於線形醜美不但有實驗而且尋許多許多理論來解釋，其中有一個「聯想」的元素，我們這裡應當來說一說。

所謂聯想，就是由曲線形想到別種的事物。我們可以想到一條虹，一個橋門，半顆落日，女子的乳房……都是固體的靜的事物，由折線形我們可以想到水的波浪，一幅綢的波動，一條蛇的前進……都是動的事物。這動的事物是沒有停止，所以其沒有畫到的地方，也象徵著它就要到的，所以有抽象與具體的分別。

有這兩個的分別，於是又產生了新的問題。

以線條而論，西洋很早的定論是：一切線條以曲線為最美。這話到現在還是對的，但是近代的實驗美學有一種不同的證明。

據美學上的解釋是有規律的線條則容易了解，所用的注意力較看無規律的線條為省。這因為看有規律的線條是照著預期進行的，而看無規律的則會時時給人失望。

由此我們知道單純的、一個單位的曲線，雖總比單純的一個單位的折線為美；可是許多單位組合的線條，有規律的折線常常會比無規律的曲線為美。但是，無規律的線條有時也會比有規律的為美。

這些解釋是西洋近代實驗美學收穫的一部分。似乎還沒有人這樣運用在藝術上過。但是我覺得這些原則正是中國藝術家早就運用了。這並不是中國藝術家弄清楚這個原則與道理，而是他們傳統上選中了「動」的線條的緣故。

中國向來不是重曲線而輕折線，也不是重有規律的線條而輕無規律的線條，但是中國畫中的線條永遠不是機械的，死板的。中國畫老僧的衣褶常常是一串無規律的折線，畫紫藤常常是凌亂的曲線與折線，但是裡面有神韻。所謂神韻，在老僧衣褶上就是他「靜坐」的動態，在紫藤上就是它生長的動態。中國的生活與藝術，愛在最靜的事物上表示神韻與動。這在中國字的藝術上最可以見到，藝術家常常把自己對於動的理解與活的生命放到無意義的字筆上去。

西洋傳統上以靜的觀點，以線條的單位之美醜選擇線條，所以大家以為一切線條以曲線為美，而一切曲線又都在女子的肉體上，於是學畫者必以學模特兒為根底。而將一切線條的末端都融在整個的圖形之中，中國藝術則常常愛將線條的末端露在外面以收意到筆不到之功。這種作風後來在西洋印象派中也見到，這因為西洋印象派原來受到東方藝術的洗禮而開端的。

以建築而論，西洋的建築原是由森林內形蛻化出來，弧線多半向裡。中國則弧線常常向外，許多線條讓它伸在外面，屋脊牆脊，參次比櫛，都翹得很高，棟梁交叉著向外伸著，似乎是模仿森林的外觀而成。

森林的外觀隨風雨而動，因為動，所以有求於餘味，餘味可說是一種錯覺，會產生「意到筆不到」的效力，這效力在上翹的屋脊牆脊上是使人覺到一種遠超於實際的高度與複雜性的感覺。

這種線條的餘味，從中國動的線條觀中產生，原是必然的事情。我們在中西的服裝上看看，就更覺得有趣了。

西洋人重曲線，曲線又以人體為標準。所以在服裝上，衣服裹著身體，把屁股，乳峰突在外面，算盡曲線之能事。所以如果要把這些曲線弄得完整，那麼一定要注重健康。在西洋跳舞藝術中，都是把健美的腿與腰以及臀部的曲線儘量來運用的，自然鄧肯派的跳舞並不完全這樣，但是她的藝術之獨創就在她吸收了東方的姿態美與服裝美。

中國人既然重餘味，所以在服裝上，把袖子與衣擺做得極其寬長，而且還加上許多西洋人所絕對莫名其妙的飄帶，蘇絡，手帕，以及佩玉金鈴之類。使其一舉一動都成為得線條。這線條都是活的，所以常常變幻無窮，隨風飄盪，隨舉動而波動，而且隨情緒而變幻。

隨風飄蕩是自然的，隨舉動而波動也是自然的，但是隨情緒而變幻似乎是需要我們尋點解釋。

據近代心理學的研究，情緒思想之類都是行為，但是心理學內所有行為不一定是動作，它可以是細微的生理變化，而且假使是動作的話，裹著博大的衣裳，不是還不如裸體容易見到麼？

我的意思以為就因是生理些微變化，在肉體上不成其線條的動，因而反可以在服裝表示出來的。譬如喘氣，心跳，在肉體上看到的不過是胸口微微的跳動，可是在中國服裝的飄帶與蘇絡的波動上，則有如心理學實驗室裡測驗呼吸的儀器一樣的明顯了。

我想這樣的解釋或者還不夠明白，或者有點誇張，那麼還是讓我看看中國的舊劇——不一定是梅蘭芳，最好還是崑曲，女角的喜怒哀樂，在衣擺衣袖以及飄帶蘇絡上是有多少不測的線條？自然不免有誇張，但是藝術上的誇張正是根據某種特點而來的。

最富於餘味的東西該是聲音，一種展延聲很長的聲音，當它斷的時候，常常還以為它還在響著，就是「意到筆不到」的效力。中國以前詞曲中有許多這種餘味的描寫，實在是世界文學中所沒有的。比方一個男子在田園間候一個情約，他可以先把「雲想衣裳」，於是「風弄竹葉，只道金佩響」。疑神疑鬼地期待人到以前線條的縹緲的韻律。一個女子從內房出來，遠遠先聽見玉珮兒的鏗鏘，那時情人的心境是如何？當她走進去的時候，身子已經出門了，衣服尚在房中；衣服出去了，袖子還在；袖子出去了，蘇絡還留著。等真的都走乾淨了，空氣之中自然還像留著什麼，而玉珮兒正在鏗鏘，一步步的遠去，一聲聲的淡下來，這夠多麼詩意。西洋人在詩上、在音樂上懂用這聲音的餘味，可是在線條上不會用，把線條與聲音合用更不會，把二者用於日常裝飾上似乎更沒有想到。中國古裝劇的演出，現在還用音樂來象徵玉珮兒鏗鏘的情態。還有現代鄉下的女孩子們，手鐲掛著小鈴，大概也是這個遺跡。還有一樣，中國人是最懂用手帕的國度，而且手帕上還用蘇絡，更可見其動的線條之豐富。袖子衣裳改短以後，手帕曾一度代替了這些動的曲線，但是與其死板的身體曲線不調和，所以風行不久，但現在在文明戲中還可以見到。

手鐲在東西洋都用，可是在中國是寬的，可以動的，兩個手鐲在一起，常常會錚錚作響，西洋人則愛嵌在肉裡。耳環也是一件可研究的東西，東方的耳環是垂在耳葉下面，西洋就喜歡用貼在耳葉上的耳星。自然西洋也有服裝柔和的披掛，結婚時候用頭紗，但是要兩個孩子拉著。我不知道這個起源，不過以常識猜測，這或者起源於宗教的意義或者別的，絕不是為線條的風韻，因為它還是不任其自然皺折。現在西洋女子的禮服是將中世紀的硬架子取消而成，拖在腳後，似乎有點東方衣裝的風味，但是其作用完全不同，經常的姿態是讓它像鳥尾般曲著，似乎是與地板多一點穩定的聯銜，還不是自由的任其像波浪般彎曲，所以在跳舞的時候常常拉在手上。

以男子的服裝來看，中國明前的博衣寬帶，帶上也有蘇絡，這也是同女子的服裝有同樣作用。中國是最愛用蘇絡與鈴鐺的國家，轎子的四角用蘇絡，屋檐的四角用鈴鐺；房燈的尾下也是蘇絡，馬項下用鈴鐺；帳子的四角與帳鈎用蘇絡，孩子們的帽子上嵌鈴鐺；武士們的武器上用蘇絡（如長矛上的毛羽，短刀上的紅綢）。手帕四周不但有蘇絡而且帶著鈴鐺。

這一切都是表示情緒的變化，象徵氣度與動作的波律，在動的情況中表示人與物的風韻。所以，對於線條的觀念，中西洋是根本不同。西洋人愛在動的人物中，尋求靜的線條美，所以奉曲線為圭臬；中國人愛尋動的韻律，即使是在最靜止的無生命的事物上。在頑石中，中國畫裡要畫出它線條上動的韻律，在老僧靜坐的姿態上，要畫出他複雜的衣褶所表示的動的韻律，在紫藤上表示它生長的活力。傳說中仇十洲畫過一張春宮，他只畫一張垂帳的床，與床前的男女靴鞋，床邊有一隻貓注視著蘇絡的曲折與顛簸以及帳子的動律。現在似乎沒有人見過這張畫，但是在死靜的事物用線條表示著生的意義，則是大家所能夠了解的。因為要有動的韻律，所以各處要用動的線條與聲音，這是博衣寬帶，長袖修裙，蘇絡，金珮，鈴鐺的意義，所以「雲」可以「想衣裳」，「風弄竹葉」，可以想像情人夜來。這是光知道靜的曲線美的人所不了解的。梅蘭芳所以得被外人讚揚，就是這點中國線條美的保留。而這種線條美早被中國摩登歐化的女郎們所鄙棄，人們也只好去讚揚梅蘭芳了。

一九三九，一，二四。

論中西的風景觀

語堂先生於廿七年年夜寫給我一張瑞士風景卡片，一擱兩個月，到今天還沒有寫信給他，這原因很多，知我如語公，當能諒解的。但有半個不能原諒的原因，就是我對於風景明信片不很看重。語堂先生自然因著作太忙，買一張風景卡片寫幾行字寄寄是比較簡便省事，可是我有一個私見，終覺得風景明信片，是西洋女孩子愛用的玩意，或是西洋青年為追求女孩子而用的。大概用十張名勝風景片寄給同一個女孩子，無論她是多麼莊重，下次你旅行時準可以帶她同行；要是這個女孩是不莊重的話，接到一張她沒有到過地方的風景卡片，她就願意於下次你旅行時做你的行李。

中國也有很多的風景，可是風景卡片不風行，這原因第一是中國的旅行是件苦事，第二中國人的天堂常在自己的胸中。我們懂得假山的藝術，拿一些石岩堆一座山，安置一些板橋，茅亭，瓦房，種一些小柏、青草，再把扶杖的或握捲的泥人放在橋上房內，隨意就能把自己的靈魂移情在泥人軀殼當中，所以不大相信旅行。

風景這個東西，我覺得在中國是出世的，在西洋則是入世的；中國人對於風景愛想到無常，是逃避現實；西洋人對於風景聯想到淫樂，是享受現實。所以中國風景畫中的人物終是老僧，布衣，風塵三俠，仙女隱士，西洋風景畫中的人物多是青年情侶。而且前者人物很小，好像離世頗遠似的，後者則很大，風景不過是人物的點綴，因此互為因果；中國的風景山水間多寺院小庵，令人有另一世界之感，而西洋則多咖啡店飯館與旅館，還是誘人多作淫樂罷了。我愛中國寺院（固然我不喜歡它太富有），因為在世俗的人世間勞碌半生，偶爾到山水間宿一宵，鐘聲佛號，泉鳴樹香之間，會使我們對於名利世事的爭執發生可笑的念頭，而徹悟到無常與永生，一切欲念因而完全消淨，覺得心輕如燕，對於生不執迷，對於死不畏懼了。我相信，每個人如果肯一年一次，在那些深山古剎中生活一月，世界上大戰小賭，流血吐血的事情一定可以減去十分之九，而人類生命的長壽一定可以增加十分之五的。一個人心靈需要在山水之間冥想，等於一個人肉體需要洗澡一樣，靈魂上的積垢濃污是同身體差不多，需要常常淨化，而其與健康的關係，則比肉體還要重要。許多富貴中人，以食物而論，牛奶，嫩雞，魚肝油，以及維他命ABCDEFGHI……等等，儘量滋養，太陽空氣也調節很好，可是仍舊短命，這原因是他每年缺少一個月深山古剎中吃素靜臥的生活。

蔣介石先生當革命勢力到寧波時候，打倒迷信，非常厲害，城隍廟菩薩也因此被拖下神座。而此公後來對於雪竇寺獨非常愛護，而且當他在回鄉掃墓之時，常常在寺中睡一、二夜，這就因為那裡的空氣，會給他胸襟上一種舒暢與健康上一點幫助的。人在空氣中生活，但隔幾天愛在浴缸浴池裡浸一個鐘頭。同樣的，人雖然是人間社會的動物，可是在社會以外，一種出世的大自然宗教的空氣，也是人類所時時需要的。普通人都忽略這點，我是非常為他們可惜。

西洋的山水之間都被安置了飯館旅社，是完全人世的事情，人們到那裡去享樂，帶一個姘頭或者新婚妻痛快地玩一下，或者於人生有補益，但到底是享受而不是淨化。

瑞士是世界公園，是以風景著名的地方，各國也不願意在那裡動干戈，讓她永久中立，因而國聯新宮也偉大地建立在那裡，但是世界並不能因此和平。世界的巨頭或外交家抱一個妓女在雪山上暖汽如春的旅館中吃一塊香嫩的牛排，與他在柏林，羅馬，倫敦，莫斯科，沒有什麼兩樣的。在黑暗的電影場中，熱戀的情侶忙於拉手與接吻，電影場在他們不過是一個「台基」，演些什麼他們會一點不知道。風景也是一樣，如果沒有一個靜朗的心境，風景與人等於沒有接觸。所以假如我可以為世界和平替國聯揀個會址，替外交折衝找個地方，替巨頭晤面覓個「台基」，替勞資會議尋個廳堂，那麼我要選雁蕩山上的古剎，峨眉山頂的小寺，我決不選瑞士的旅館與衙門氣十足的國聯新宮。巨頭們，外交家，以及一切國際上的談判代表們，在開會或交涉以前，大家先吃兩月素，洗百次泉水澡，那麼我相信，一次的會議可以實現徹底的軍縮，而寬宏地讓被壓迫的民族都獨立而自由了，所以世界的大同做起來也不難。

世上還有掛在牆上放在玻璃櫥中專供鑒賞的碟子，也還有博物館中許多有歷史意義考古意義的眠床。而所謂山水風景，尤其是屬於大自然，而不是工藝品。所以作為人類在繁縟的社會外一個較近於自然生活的地址，則是更還了其重大的本來意義。

與這大自然相關聯的人類文化，我們從宗教起源與其目的看起來，覺得這實在是不可分離的事情。

我個人並沒有宗教信仰，也相信宗教會有不存在的一日，但這要等有代宗教而起的一種事物的產生。我覺得宗教之所以存在，它的精華就在於使人注意到「死」。不管天主教，耶穌教，波羅門教，佛教或回教，他們的共同點就在使人注意生的幻滅與死的降臨。一個人一生出來就在人群裡面，碌碌一生，始終脫離不開社會一步，但是歸根結底，到肉體一硬，還是交給了自然，所以死的問題，就是人與大自然一個交點。但在一生之中，有幾個人想到這個問題？有誰在時常提醒我們這個問題？這只有宗教的信徒。

我並不是叫人都去過出世的生活，人類的文明就在有一個這樣日新月異的社會，但是入社會越深，離自然越遠，把宇宙看成了非常淺狹，忙忙碌碌，爭名奪利，忘忽自己的母親是多麼偉大，這是多麼悲慘的事情！所以讓人類在工作之暇，到大自然的懷裡，讓鐘聲佛號提醒他一點死的消息，這在我們大自然的兒孫是有多麼重大的意義？我們在許多先哲與大詩人身上，覺得他們在大自然之中參悟到多少真理；一個偉人或帝皇，當他們與大自然接觸的一瞬之間，會感到自己是多麼渺小，這渺小的感覺就是我們在日常生活中疏忽的一個不變的真理。

最入世的大哲學家與政治家孔丘，當他在山水之間，也悟到時光的永生與生命的無常，禁不住感慨：「逝者如斯夫，不舍晝夜！」這在他是炎熱的人生中服了一帖清涼劑，書籍上沒有留給我們先哲當時的心境，但是據我們設身處地的想象，且不要理睬以後許多道學家硬拗的解釋，他在一瞬間似乎已經踏入了釋家的門檻，時光的過去與自己的老來，過去的忙碌與未來的渺茫，都在目前一川滾滾的河流之中浮起，這是使一個對於人生永不疲倦的人，想到了生與死，以及偉大的母親大自然的胸懷，這是一個多麼深邃的境地。一個人如果時時同大自然有這樣一個接觸，在他的生命之中就多有一份慰藉與滿足，對於自身就會稍減狂妄之氣，而於自己的本分也會有多一層理解，對於死也不至過分害怕，對於人世的名利也不會不饜足的貪求，而無謂的爭執妒忌都會覺得是可憐的低能的行徑了。

在近代的都市生活之中，有錢的人，物質的享受是不算低了，但是一個小小的刺激，就可以叫他自殺。這實在因為一個人的力量支持不住社會裡的壓力。忙忙碌碌的人生之中，整天打算著紛紜的世事，一旦遇到一個刺激，他頹然在安樂椅坐下，或者在床中躺下，覺得人世一切的虛偽無聊，不免想皈依自然。而死是將身體交還自然的最簡捷的方法，於是一瓶來沙兒，一顆子彈了結了一生。這是多麼可笑的事情。有多少殘廢，貧窮，餓肚，受寒，孤老無依的人在貪戀著生；而那些為一時名利與情愛的打擊，立刻要將身體交還給自然，這難道是件不勉強的事情？

在近代的自殺新聞之中，我見到有人坐著頭等艙的輪船去跳海，我見到有人開著旅館服毒，我還見到有人帶伴侶儘量遊玩，興盡時雙雙自盡。獨獨沒有一個人在山庵古寺之中，安安詳詳自殺。這因為旅館、輪船是社會的，而庵寺則是大自然的。一個人在大自然之中，如果體驗一下他與大自然的關係以及宇宙機構的美妙，他立刻會感到紛紜人事的渺小，而天大的波難與戀執是一件可笑的事情。只要跳海的人在跳海以前能在甲板上望望天際的月色以及那海的浩大與星點的燦爛，他會參悟到生死的平淡。

自殺的人在平常看來，終以為他是看輕生，實際上他一定是最看重生的；表面上似乎他是就死，實際上他是把死看作了不得的事情的。正如不願出門與交際的人，逼他到陌生的環境裡去，在他是捨命一般的痛苦。他是把生與死的門檻看作了一個高大的山障了。如果一個人常常接觸大自然，體驗到死的問題，他會把生死的界限看成沒有，正如交際的老手與旅行家，到處都可以為家，他對於生不執迷，對於死也不害怕，他順著大自然生物軌道，安詳地愉快地跨他自己腳步，他不想脫離軌道求永生，也不想脫離軌道求早死；求永生與早死表面上雖不同，實際都是同樣把生與死看成了了不得的事情。中國帝皇求永生的在歷史上有可驚的數目，求早死的也有不少的例子，這因為在他實在太少機會一個人在大自然環境參悟到生死的真理。西洋的宮殿都有一教堂，帝皇在教堂裡，神像的面前，主教的嘴頭，還可以有一點機會接觸這個自然的消息。但這是勉強權宜的方法，是因宗教被弄到人世的變態的情形而造成的。

把教堂放在城市裡，除了為人民於星期日便於做禮拜望彌撒以外，我尋不出別的理由，但為這個便利的原因，讓在世上忙碌的人，每星期有一次接近無常與永生的觀念，比沒有自然是好。可是因而把大自然交給了旅館與飯店，則是太可惜的事情。

我總覺得宗教的儀式為提醒愚民而設，是一種束縛，是違反著生物的自由的。要參悟生物的常規與自然的鐵則，無論誰，只要與大自然有一點神往都可以辦到；平常的人，因為被人世間的諸「色」迷惑了，偶爾到大自然中，還戀念著世俗的物欲，所以將他充作酒杯與眠床，反而把它與自己直接的關係忘忽。所以用點神像與佛號來提醒我們則是有意義的；奇奇怪怪宗教儀式與花樣，假如是為神像佛號所喚不醒的愚民而設，可是給喚得起者反而是一種隔膜。

許多無宗教的詩人與哲人，在他們的詩文之中常常因為與大自然接近，透露出生死無常的參悟，這是我們隨手都可讀到的，而且東方與西洋一樣。在莎士比亞，歌德，李白，杜甫，濟慈，繆塞……這些詩人的作品當中，像孔子在川上的感慨相仿的人到底不多，在近代社會中，從生到死，永遠活在熙熙攘攘的人世，一次沒有與大自然交接的人，竟不知道有多少？他們忘忽了「生年不滿百」，而「常懷千歲憂」。一朝無常臨頭，方才覺悟到人生原來是暫時的，對於過去自己的貪求，嫉妒，爭執，吝嗇……感到可憐亦復可笑起來。感到忙碌一生竟上一個大當，原來我的一切仍舊不是我的！

這群人是多麼可憐！他們需要與大自然有些交往，正如骯髒的人們需要洗澡一樣。所以，如果不能立刻與大自然直接交往，依賴一點鐘聲佛號的提示，也是他們所需要的。這因為人類的祖先是動物，而動物是不愛住在鐵籠，獨愛在大自然之中逍遙的，人類也還有這個需要。

西洋把宗教拉到都市，千萬的宗教徒，現在早沒有千分之一的人去教堂，去教堂的人中也沒有百分之一的人參悟到生死的平淡！在山水風景裡滿布著旅館與飯莊讓人民淫樂，國家在交通營業上固然多了一點收入，但再不能引起人一點較深遠的情感與想像。只有極少數的藝術家，在偏僻的山村中，會感到真正生物的常規，而將這些告訴給別人聽去。

中國是沒有宗教的國家，但是深山中一個古剎，一絲悠長的鐘聲，會啟發我們深邃的冥想，這出世的冥想，創出藝術家們的畫幅與假山，使我們在都市的斗室之中，將自己的靈魂投入在假山中的小泥人，與畫中的面目不清的人物之中。也能參悟到生死的平淡，參悟到光陰的永生，與萬物的無常了。

論理，像我這樣的年齡，也到過瑞士，似乎對於滿布著洋房的瑞士雪山風景卡片，會起一種帶一個鮮艷的肉體在那裡喝幾瓶香檳，吃幾塊牛排與幾隻肥雞，度幾天外交家常過的生活的聯想。

但是我不，因為我對於山水與大自然，養成了中國式的冥想。而對於物欲的享受，則覺得上海、瑞士都是一樣的。而且，有了這一份冥想，我對於享受的物欲也看成平淡了。

一九三九，二，二八，晨三時。

談中西藝術

西洋研究學問講究分析，中國研究學問則講究綜合；西洋研究學問要分析來研究，中國研究學問是整個地來體會。

但是，以藝術來說，就剛剛相反了。中國藝術是分析開來把握，西洋藝術則是整個地來體會的。

中國畫一筆有一筆意味，西洋畫不是全幅畫好就不能鑒賞，所以中國畫可以用一朵花，一塊石頭而自成一幅。

中國詩也是一樣，一字一句都有道理，可以單獨提出來稱讚；西洋詩則必須整個地讀完方才能說，要是以議論杜詩的方法讀拜倫、雪萊，那麼拜倫、雪萊簡直不是詩，所以中國古文學家永遠讀不懂新詩的。

中國劇更加不用說，它常常不用整個有結構的故事，只是取一段無頭無尾的東西來扮演；講究的是一句一句的唱功，一個一個的做勢。

中國人造花園，必須「峰迴路轉，有亭翼然」，必須「曲徑通幽」。西洋人要把一千株樹修得像一條「綠路」，中國人要把一株樹裝扮得像一個字，或者像一個人。

西洋的假山只是一塊石頭同一株小樹，中國人的假山，要不是培養假山者用他的「旱煙管」指給你看，你就不會知道它的好處。它們條條路都有道理，個個洞都可走通，每一個亭子都有出路，每一個人物都有去處，非經真能手的分析，無從知道！

中國人遊玩一個地方，愛一個一個山洞去鑽，西洋人只要到過就算。蕭伯納只在萬里長城上面一飛，就算玩過華北！所以西洋人愛周遊世界，動不動就這樣說，如果照中國「乾隆爺」遊西湖的方法來遊，則雖萬年未能盡，交通多麼方便都不行的！

西洋人畫女子重在全身曲線，中國人則著重在零碎的條件，白裡透紅的顏色，以及嘴、眼、鼻子與一切的可愛。

中國的用具，要刻字，鏤花，小玩意要在一方寸象牙上刻一篇《赤壁賦》，桃核要雕成八扇窗可開關的畫舫！瓷器要刻出工筆的女子，光是一束頭髮要刻四千三百零十三筆。

中國人的鑒賞性在仔細，要一部分一部分來說的，也不但中國藝術配這樣看，中國的「人」也值得這樣看，西洋女子皮膚可真粗，汗毛夠多長！在馬路上遠看是漂亮的，一抱在一起，就只有口紅與花粉的藝術了！

如果把藝術說得遠些，那麼喝茶在中國就夠有詩意。茶之味在「品」，一口一口的鑒賞才是品，你看講究喝茶的人叫喝茶為「品茗」就可以知道，茶壺與茶杯是精緻而小巧，讀過紅樓夢的人還可以參照妙玉的金言。

此外，酒還用說嗎？中國人用小小杯子一口口的飲，喝完了，壺裡倒，一壺酒三個人喝可以耗去四個鐘頭！

飯菜與點心，以及零食更不必說，每一樣東西都分析著特殊地來嘗的。所以要知道中國藝術的好處，你必須精到地去了解！你必須「細嚼」！你必要周周到到來讀！西洋畫該掛在壁上，中國畫就宜貼在鼻尖上領教！

西洋藝術重在從自然中取來放到社會裡去，公園裡的樹種得這樣整齊，畫一幅風景畫放在客廳裡給大家看；中國藝術重在從自然中取來屬於自己，把自己的能力與欲望放進去，一幅山水中有人在遊玩，吟詩或讀畫的十分之九是象徵自己！世上並無這種奇石，他要有這樣一塊，於是畫出來滿足一下。深山冷屋，哪裡常有這樣美麗女人？但是當我們畫家的船在小河中走過，希望有一個絕世佳人在山上臨欄看他，或者在笑，在尋詩，……於是他畫了一個，又希望一個備茶相待，於是就又畫了一個丫頭在煮茶，……但是實無此事，又將奈何？於是求之於狐仙，或者妖怪，即使妖怪變出來也是好的，中國小說裡也很可以看到這種心理的反映。他們要在一株花上放進能夠將它改成自己愛好的曲線；遊一個風景要留下自己的詩句與筆跡；畫一個美女常披以錦繡衣履，畫一隻美女的手必須帶一隻戒指，這些飾物都有意無意反映自己表示在供給她，所以中國人愛了妓女必須娶做姨太太。甚至於前些年去照相去，十分之九將地方布置得像自己的家裡，把戒指，手鐲等都要放在可以照到的地方！此外一隻核舟上他要你看出他的刻工，一首詩上他要你看出做工，諸如此類，難以枚舉。所以中國音樂都是一個人的事情：操琴，吹簫，彈琵琶，像外國這種合奏，在中國以前只為別種舞蹈、歌唱以及禮儀的副作用罷了。

一九三三，十二，十七。

西洋的宗教情感與文化

上次我有一封給兩個朋友談中國的國民性的信，曾經在《西風》發表過，《西風》編者因為這題目與《西風》格調不合，改作〈給西洋朋友的信〉了。自然編者的苦衷我是諒解的，但是這件事在我可是有點不舒服。因為這好像我是以月亮是西洋好一般的，以為朋友也是西洋好了。中國以前是看不起西洋的，以後因為中國吃了一次敗仗，才把西洋看在眼裡。近三十年來，因西洋帝國主義的發展，中國淪於次殖民地的地位，於是大家，尤其是租界裡的人，才把西洋看作闊綽漂亮的高峰。洋行買辦高於中國經理，捕房翻譯高於中國書記，西崽則高於中國聽差！要知道這闊綽漂亮的理想，我以為最好舉摩登女子的嗜好為例證，中國的摩登姑娘愛會說洋話穿西裝的少年，坐大菜間的船位帶著她去旅行，到處吃西餐與西點。東西大家都以洋貨為美，凡是中國的都不愛了。現在中國的家具鋪都在做洋式的家具，預備那群洋場的洋化男女去組織洋化的小家庭，大公司販賣西洋的奶粉，以供給他們小家庭中生產出來的孩子，因為那群洋化的母親要留她那兩顆乳房高聳，以模仿洋化的曲線美的。從此學生以留學生為高，教授以洋人為好，無學的學者常拉一、二個西洋名人以光自己的門楣。於是發生了文化西洋化的問題。前些年中國文壇就討論過中國應否完全接受西洋文明，我當時沒有發表過什麼話，因為我感到這個題目根本就不好。中國是在向前推進的國家，自然中國應接受現代的文明，這現代文明是現代的時代精神，這時代精神西洋不過比我早接受幾年而已。我們要推動這精神，藉助於西洋也是必然的，但一定要依樣畫葫蘆，那麼畫虎不成反類狗是很可能的結果。這時代的精神在西歐各國早已瀰漫了，但是在英國成英國的文明，到法國成法國的文明，到德國成德國的文明，各國都有它自己的個性，為什麼中國不直接接受這時代的文明，而要間接的向西洋去模仿？中國文化界幾次討論這個問題，一直都沒有結果。這沒有結果，是我在討論開始時就料到的。其原因就在這討論的題目根本上有錯誤。對於這個錯誤的題目的發揮，雖然只有兩派：一派主張全盤接受西洋文明，有一派則唱中學為體西學為用的老調。但是其中程度的等次是極其多的。於是有幾個斗方的學者，過細地一條條枚舉該接受與不該接受的東西，如跳舞不當接受，效率則應當接受；有幾個則以為西洋文明，原是包括全部的文明，文明不能分碎挑選，要這個文明，好好壞壞都只好全部讓其流入。於是文化本位論的宣言出來，新生活運動也前後產生。胡適之是全部接受西洋文明論一派的人，但是為顧到這群為中國固有的文化擔憂的學者，又出而申論，以為民族的文化是有他自己的惰性，西洋文明全部進來後，這民族的惰性會帶它到一個適當的境界，這境界是不會失去中國的特性的。這結論與中國文化本位論的話變成一個手段的爭執了。胡氏以為中國現在不妨全部接受西洋的文明，日後還是有中國文化的本位；本位論者則以為中國應先保住自己的本位，再去接受西方的文明，才可以不失中國文化的本位，否則如果不先保持這固有的本位，中國將失去自己文化上悠久的成績。所以這爭論反而尖銳地存在著。這原因是大家只從國界裡平面地去考察，而沒有在歷史上立體地去思索。西歐各國，過去也有中國所留在的時代，但當時的西歐各國，與現在中國也是不同的。那麼在前面一個時代，中國達到了以後，與西洋的不同也是必然的。因為沒有理解這層，用「西洋文明」這個名詞，一個形成了與中國文化對峙的名詞，來談接受與不接受的問題，那自然使大家左右都為難起來，不接受固然永遠是落伍，接受了又有危險。

想向歐美摹仿或者向自己祖宗摹仿，不面對時代的精神，我以為這是中國近世史上各方面失敗的一個主因。因為由此出發，自己在文化運動上永遠沒有一個中心堅強的骨幹與信仰的。所以中國前後的留學生就造成了中國的亂因，留法的主張仿法，留德的主張仿德，留英的主張仿英，留美的主張仿美，留日的主張仿日，……於是互相爭論排擠，在文化各部門都有門戶之見了。在教育的系統組織上，因行政人員的不同，有了多次的改動。初則仿日，今則仿美。在外交上，也有親英美，親德日，親蘇聯之分，在政治上則也有仿英美的政治，德國式的獨裁，與俄國式的獨裁的不同主張了。這些主張者之得勢與失勢，造成了中國忽三忽四的變動，這些主張均衡的對立，造成了中國無緣無故的振盪。各國自然也有許多黨爭，但第一他們所爭的背後各執一個理論，第二他們所根據的是一個本國唯一的事實。而中國所爭的背後則只有一個同一的理論，那就是：「某國如何如何好，所以應當去學他。」而所根據的則有各國許多事實：英國盛著，法國強著，德國也是了不得，日本也幹得很像樣。所以中國革命二十七年，弄得畫虎不成反類狗，畫狗不成反類鼠，於是不三不四，成了狗皮鼠骨的怪物了！

不知直接的推進而要間接的摹仿，這是中國文化上的一個缺點。這缺點我以為最明顯的在藝術上，因為我相信藝術乃是文化的靈魂。

中國學畫用畫譜，不學自然與人體，這是中國畫與西洋畫一個最基本的分野。畫的起源自然是對於自然的摹擬，西洋無論那一派的畫家，個個人都要經過這個階級。而中國，則自從最初的畫家經過以後，大家就摹擬他的筆法與神韻了。西洋自寫實主義以後，印象派受東方畫的響應而崛起，以後象徵派立體派野獸派都起來了。但是每一派都有他的理論，譬如印象派就以為在形象上，人眼看自然不是樣樣都可以精細到寫實派這樣（寫實派畫的精細乃是細瑣的局部的檢驗的結果），而所得只是一個整個的印象。在色彩上，他們運用了太陽的七色，不主張在正色以外雜黑白的明度，因為自然界真實的色彩是這樣的。

所以他們繪畫派別的爭論，成了對於自然理解不同的爭論。中國畫上的派別，則分於個人所從出的老師，所以這派別是用不著理論的，大家根據自己的祖師，最後的判斷不以對自然的觀察與體驗為權衡的。中國的詩在文學上是最發達的一門，可是中國詩的擬古性是與繪畫沒有什麼分別。所有的字眼都要有古詩人用過，所有的引用都要有個出處，新穎的地方就在這出處不要是濫調。這兩者都是摹仿。西洋在藝術上表現的是由理解自然再去發掘自然，學畫的人必先由自然學習線條與色澤，然後去發掘自然的神祕與變化。這兩個態度的不同，我以為一個重要的因素是值得注意的，那就是西洋的宗教情感。

我第一次知道這宗教情感，大概是在我求學時代讀到的一本美國的教育學原理書上。那裡面對於培養兒童的宗教情感有一種很注意的態度，我當時很有點奇怪，後來知道西洋是有了人不久，就產生了神的。宗教在西洋文化史上，曾一度控制了所有的文化，擄哲學為其婢女，掠藝術做其姨太太，迫科學作為馬夫。這份宗教固然把文化壓抑了千餘年，但在保存文獻上是盡了不少的力。文藝復興以後，馬丁路德的宗教革命，把所謂凡人必須經過教會才可把自己的心靈與天庭接觸這個概念打破，以為凡人只要憑良心的虔誠，就可以直接與上帝交通。這個改革一方面削弱教會的壟斷，另一方面奠定了人類在上帝前完全平等的真正意義。新教的普及，使舊教也改變了理論。同時因為哲學的發展，上帝這個概念也是逐漸地改變與進步了。到十九世紀初，德國理性派的偉大成就以後，達爾文進化論把上帝的驕子人類，拉作動物的子孫；唯物論幾乎抹殺了上帝，但是上帝還是在大哲學家的思維存在著，自然上帝這個觀念是更加進化了。有人以為是絕對的觀念，有人以為上帝不過是大自然的整體，有人以為上帝不過是生命之流，一種活力，到最近，因物理學發展到相對論與量子論的境界，改變了我們對於世界的見地與態度。——這好像我們在爬山：依著古典物理學，滿以為不久就可以走到山頂，可是快到山頂的時候，發現那山頂不過是一個小坡，爬過這小坡還有一條達山頂的路。——本來快崩潰的唯心論又變成新唯心論，它們只好再保住上帝的寶座，可是上帝這概念或者已改為與「基本的動因」意義相同了。

我把重大的思想上的發展說得輕描淡寫，這在學術上是一種狂妄的舉動。但是我的目的不在它的本身，我只想提醒一點注意，這注意就是那裡面與西洋宗教情感有關的事實。

歷史上宗教情感，最初本出於人類的自卑，但到中世紀時，一部分人賴宗教之名，狂妄跋扈，驕傲非凡，無惡不作。科學把人類的狂妄鞭醒，覺得人不過也是一個動物，並不是有什麼特權，但是這種機械的科學觀發展到黑格爾（Hagel）到了頂峰，以為人是動物中之最高級者，賴科學的萬能就可把世界解釋控制得完完全全的。於是人類又驕傲狂妄起來，如尼采之輩的「超人」觀念，對於劣等民族，主張淘汰。想有一種「超人」來將世界昇華。可是新的不同的哲學，如柏格森，如羅素，如詹姆斯都從這種獨斷的十九世紀唯物論解放出來。這因為科學已不如以前這樣的萬能，開明的科學家，如麥克（Mack），如邦因加雷（Poincare）都把科學的律令看作一種假說，所以人的自大狂又受了打擊。

直覺主義的柏格森以為「生命之動力」乃生物所共具有的進化之基礎，唯實主義的羅素以為「人應同化於自然，不以自然同化於人」的主張，都是把人的地位有一種新的固定。最近新唯心論的崛起，更出唯物論的意外，上帝會被從物理學的最終元素的裡面提出了又登上寶座。終而言之，西洋自始至終對於這一個東西，上帝也好，大自然也好，生命之動力也好，有一種深切的感情。十九世紀末葉唯物論推動的，不過是使人對於自然作一種新的了解。科學的目的是了解自然，克服自然，御用自然，哲學的最終也是對待自然。認識論是人理解物的可能與淵源。藝術家在西洋，畫聖經的故事，畫神話，固然是對自然，就是到寫實主義畫到農夫，他還是把農夫當作自然來體驗。

上帝本來是至高無上萬能的無處不在無所不存的東西。這東西，看一個老頭，一隻白鴿，同一個刺冠的孩子，是不能理解的；倒還是從生命之流，生之動力，最終的物因諸類哲學上專門名詞，容易想像。但這雖容易想像，但不容易懂，容易懂的還是說是「自然」，宗教的起源是對於大自然的驚異，那麼說「大自然」就是上帝，還比較通俗而易懂。

西洋人宗教情感既是這樣，所以孩子在聖誕老人上想到上帝；村婦們對於一個老頭，一隻白鴿，一個刺冠的孩子想到上帝；學者們在最終的一點上又發現了上帝。所以在一般人生上，他們永遠想與上帝接觸，愛他，了解他，研究他。

翻開中國的哲學，老子的「道」，但並不叫人去理解他崇拜他；莊子不用說；孔子不理神，有否不管，如有，也不過「敬而遠之」。

西洋為宗教不知死了多少人，從蘇格拉底起，一直到伽利略，實在可怕到極點；中國死的則多在觸怒皇帝，觸怒神的，有雷來劈，雷不來劈，下世報應。皇帝是「天」子，神不過是皇帝陰間的走狗。所以中國忙的是人的問題，西洋忙的則是神——自然——的問題。中國人的愛情永遠入世的，而西洋人則是出世的。小泉八雲謂東方人要了解西洋文藝，第一當了解西洋對於女子的愛是宗教的情感，就是這個道理。這種宗教的感情，產生了兩種與中國不同的特徵：第一，是愛情只有一種，入世的愛情是有親疏厚薄之分，出世的愛情沒有則已，有則沒有別的，只有一個，為這份愛可以犧牲自己，可以死。所以歷來西洋的統治者，統治的只是這份宗教情感，統治了這份宗教情感就可以打仗，可以虐待百姓。中國統治者則利用人與人的感情，君臣、父子、夫婦、兄弟、師友。第二，是對於自然有感情，不像中國只是對於人有感情。對於自然有感情，所以人同化於自然；對於人有感情，則自然同化於人。所以西洋對於動物有人道的同情，同對人一樣，人民常常餵麻雀以麵包屑，抱路狗到家裡吃。前些年上海小菜場上有一種人道主義的運動，巡捕奉令干涉倒提雞腳的買雞者，與賣割了屁股的螺螄者，不惜用警棍，拘捕，打翻小攤為手段，這就是帝國主義推行的人道主義，用希特勒元首、墨索里尼首相的話，該是文明的移植了。但是中國人不懂這些，中國人只知人與人之間重義氣。但是，對所謂人道的同情常是一律的，在人之間重義氣，永遠是有偏重，前者是唯理的，後者是唯情的。我在一篇短篇創作〈阿拉伯海的女神〉中，提到中國人的宗教，童年以前為父母，成年以後為愛人與太太，中年以後為子女，但其實這些情感都不是宗教情感。有一次我寫一封信賀一個朋友結婚，他回我信說不過是「盡人事」而已，盡人事是中國文化最中心的骨幹。佛教傳到中國，變成了一切佛事無非為死人置財產，死人在地上過的也是人的生活，陰間組織也同人間一樣，所有的神都是好人做的。諸如此類，都離不開人。西洋對於宗教是愛與奉獻，中國人永不說愛閻羅大王與玉皇大帝的。

這兩點與西洋資本主義發展得迅速是很有互為因果的關係。上面所講的中國完全接受西洋文明與中國文化本位的爭論，實際上就在缺少宗教感情之第二個特徵。中國人中，與西洋文化有了解與同情的主張全盤接受，否則則主張保住中國固有文化，不肯去了解比較那些理論的抽象的時代的精神，正如在藝術派別上，以老師、祖師為派別主張摹仿古人一樣，主張在一切文化上模仿外國；而西洋則重模仿自然與發掘自然不同的看法與探討，所以一切派別之分，就重抽象的理論。這在上面已經講過了。我以為這就是中國文化落後的主要原因。如果我們主張中國全盤接受西洋文明，先要接受這個條件，有這條件，中國自然立刻會發現接受西洋文明這句話，根本是捧角式拜老頭子的話，中國應由自信地來接受已到西洋，還未到中國的時代的精神。

但是由宗教情感產生的第一個特徵看來，我以為那實在是西洋文明的一個危險。我上面已經講過，歷史上西洋的統治階級，常常先統治這份宗教情感的，照目前獨裁國樣子看起來，一切與自己不容的科學、藝術與哲學都在肅清了。那些所謂先進的人民都服服帖帖相信這個政治的宗教，聽教士擄哲學為其婢女，掠藝術做其姨太大，迫科學作其馬夫。這真使我為這一段歷史上的文化與文明擔憂起來，我深怕這會同中世紀一樣，一千多年的黑暗文化史要在政治的宗教下換一種筆調重寫出來了。但是雖然中國也有人捧一兩個外國的領袖在收兵買馬，在亂世之中想打一個天下，而我所看到的，則他們只限於分幫的捧老頭子，而不是有真正的宗教情感的。

培養這種宗教情感是不容易的事，以西洋的成敗來看，雖然為中國文化出路擔憂，但也為中國文化前途寬心了。

一九三八，十一，二九，半時。

中西的電車軌道與文化

巴黎現在在拆電車軌道了，我想上海，正在加添吧！巴黎拆電車軌道的理由是妨礙交通，上海加添電車軌道則是便利交通。這個矛盾而不合理的兩種說法，是使我很費解了。雖然巴黎重要的交通是地道車，可是地道車的空氣實在太不好，不習慣的人會嘔吐，甚至會暈倒的，文明到了把人類再趕到「穴居」時代，自然還有更文明的解說，可是我一到這個龐大的地洞中，坐電梯穿上穿下時，就想到這種野蠻的穴居，除了為未來戰爭上的應用外，是沒有一點理由的。假如說地道的交通真是一種文明的進步的交通了，那麼地上多一點電車似乎也並不妨礙交通吧，何至於妨礙到要拆去呢？我想這裡可以有兩個解說，一個是說這電車所妨礙的正是汽車的交通。汽車是闊人的交通，而電車則是窮人的。拆去了窮人的交通以便闊人的行走，使窮人們都到地下去，讓地面上留給闊人們走。換句話說，國家對於窮人與闊人的分野越來越顯明了。還有一個說法，說是為一般不坐車而行路人的便利，所以拆去了電車軌道，自然行路人有行人路，除了穿道路的辰光外，幾乎絕對走不到馬路中心的，而穿馬路的時候有警察，有紅綠燈，千千萬萬的車子難道就怕多一輛電車？所以如果一定那麼說，我想，說是怕女子的高跟鞋嵌到電車軌道去，還有點道理。遇到了這種情形，在這女子進退不得時，滿街的車輛都要停頓，這是無可懷疑的。那麼說電車妨礙行人的交通，自然也有道理了。

這兩個解說，採用的時候是困難的，如果在柏林，我想許多人很快的會採用第一說了，可是現在是巴黎，大家也很願意採這第二種解說的。

如果採這第二說，似乎你還要問我，為什麼我只說出車輛為女子高跟鞋而停頓，而不說女子被電車撞死呢？如果怕女子被電車撞死為理由，那麼邏輯上應當說電車因妨礙生命而拆消，不應當說它是為妨礙交通了。

我不想先回答你的問句，因為我由這裡想起了一件事情：我一到這裡，就有中國北方的同學奇怪我穿馬路的本領。前幾天，我又遇到一個巴黎的女子問我這件事情。其實，他們只想到中國都市的汽車沒有巴黎多，而沒有想到中國都市裡開汽車之野蠻！在巴黎，馬路口都有鐵柱攔出行人穿馬路的地方，汽車到那裡都特別慢，時常有行人與汽車互相笑容滿面客氣地讓先的情形，絕對沒有上海這般汽車夫與開電車的隨口豬頭三的神氣。所以這裡又可以有兩種可能的想法，因為在巴黎，所以我想到的是車輛為女子而停頓，假如在上海，我想我一定會先想到女子被電車撞死了。我走路性急，在上海，幾乎遇險者許多次，所以來這裡以來，許多江南父老勸我注意一點，我現在寫信去，我說在巴黎我想決不會被車子撞死的，怕的倒是我在這裡養成了習慣，到上海有做豬頭三被人家撞死的可能。

話一多，就說遠了，說到巴黎因女子的高跟鞋而拆電車軌道，這似乎太不近情理，或者說是太會說笑話了。這樣我也有道理，不過一個人有些時候，採取一種解說只是憑直覺的。在巴黎，我奇怪，這麼些藝術家一碰到藝術全都離不開女子。巴黎大學的大禮堂，四面有笛卡兒（Descartes），巴斯克（Pascal），黎塞留（Richelieu），索邦（Robert du Sorbon），拉瓦節（Lavoisier），羅蘭（Charles Rollin）的塑像，但當中一幅大壁畫都是女子，雖然是象徵學藝的。巴黎前次在開航空展覽會，裡面門飾又是半裸女子的塑像。大概因為這些關係，說他們為女子的高跟鞋而拆電車軌道，我想不會冤枉它的，就是稍微冤枉它一點，也不會太罪過吧。

一談到西洋藝術上的女子，我想到小泉八雲的話來。他以為西洋文學裡的女性都是當作神來崇拜的，這在他們藝術上的確也還是這樣的表現，但是因為他沒有說出理由，就很使我思索過，現在我覺得這或者是很簡單的，只因耶穌聖母偶像的傳統看法罷了。

像在西洋文學中，舞台上，電影裡多數所表現的，這種戀愛神聖的題材，我覺得在西洋現在的社會可以說完全是不會有的。勞倫斯（D. H. Lawrenc）們的成功，在社會意義上，怕就在他揭穿了這戀愛的現實。可是多數的戲與電影，歐洲的與美洲的還是這樣的做著，難道也是一種維持戀愛的道德嗎？愛看西洋電影與文藝的人，一定以為西洋人比中國人懂得愛情與看重愛情了，其實事實剛剛相反，中國人與日本人是遠比他們懂得，遠比他們看重的。西洋人對於愛的理想，一切在藝術上表現的，會在東方存在，這使我對於小泉八雲愛日本的道理，不想再到別處去求了。

西洋這種長期的資本社會，對於性看得平淡，對於錢看得慎重。愛情是什麼，在一般社會上我想不會再管。中國人日本人都多情死，在西洋，如果有情死，不是為肚中的小孩，一定是為經濟的窘迫的。好萊塢的明星天天離婚，天天做戀愛永久與不可侵犯的戲，這不是一件很可笑的事嗎？

戀愛所以會神聖，我覺得完全為有宗教般的信仰，有宗教般的信仰，方有神祕的氣味。像西洋男女間已經沒有半點神祕，所以戀愛不會再有。青年的時候大家尋對象娛樂，老了方才同一個可以伴老的人結婚。青年時同異性到旅館性交等於看一次電影，老了結婚正如同學中找一個同宿舍的對象一樣，情愛的意義是沒有的。這一種趨勢，第一使青年人都要晚婚，第二是使都市中的旅館與咖啡業昌盛。巴黎的旅館與咖啡店之多，實在是多得使人奇怪了。在國家方面對於這種現象也不見得歡喜吧。義大利提倡多生孩子，叫女子回到家庭裡去，我想也是為糾正這種現象的。

我不知道怎麼說才好，中國與日本青年的戀愛，一般的反合於西洋文藝上所表現的理想的。他們捨棄了貧富與階級以及年齡的懸殊，社會的批評而結合，以至白首偕老。這自然有許多例外的。但所謂理想本來是最高的階段，在最高的階段上我們可以尋出無數的例子，東方人的愛情實在是夠神聖了。

可是奇怪，我國幾千年來儒教的倫理觀，所謂忠恕所謂仁義禮智，在中國一般的社會中，我們早已看不見了，同神聖的愛情相對的，偏偏普及在西洋社會當中。

以忠恕來說，忠所包括的範圍極廣，舉我記得的論語上「為人謀而不忠乎？」、「與人忠。」、「事君忠。」這些意義來講，能夠對於人，對於國家，對於職責為忠，在中國，現在我們是認為了不得理想的英雄的。可是在西洋的社會中，具有這忠字的人並不算好人，反之，沒有這忠字的人則是大家輕視的人。恕是「己所不欲，不施於人」，在一般行為方面看，西洋人並沒有這種原則，但是很少出於這種原則的。

以仁、義、禮、智講，孟子中以仁之端為惻隱之心，義之端為羞惡之心，禮之端為辭讓之心，智之端為是非之心。可是在中國，這種「端」都已不常見了：在都市馬路中我們見一個人滑倒了，或者跳電車摔了，或者黃包車翻了，旁觀者都鼓掌大笑，或大嚷：「再來一個」；西洋社會中，有這些事情時，終是大家都跑去扶那摔倒的人的。對於問路的鄉下人作種種看不起，甚至還要騙他，這在中國是常見，然而在西洋是絕對沒有的。前些時，法國一個部長因為被人說歐戰時有通德國的嫌疑，因羞惡而自殺，而中國的殷汝耕之類，還是暗暗明明層出不窮。西洋社會中汽車與行人互讓，買物時後去者讓先到的，輪船火車出事時，讓婦孺老年先逃，中國人是不幹的。至於是非，到現在誰還在想？所有的是與非早已被權勢掩蓋。這種所謂「端」的惻隱之心，羞惡之心，辭讓之心，是非之心中國都沒有了，其他我們不必再說！西洋社會中，大家都勇於負責，路上見有人被侮的事情，常常挺身肯為他到法庭去做證人，街上店鋪，無人看管，但沒有被竊事情。我有一次，在路上遺失了手套，吃好早點去尋時，則在路旁窗檻上找到，這些都是中國未實現的儒教倫理觀社會理想，可是在西洋正在實現著。中國上次提倡新生活過，對於「廉潔政府」有重大呼聲。其實廉潔的反面是貪污，貪污為一種罪，廉潔不過是常情而已，現在我們把它當作了不得的道德來要求，離儒家的道德觀以及西洋的社會的道德實在已經很遠了！以治國言，孔子的治國之道是：「既庶矣」，「富之」；「既富矣」，「教之」。西洋社會之所以能夠合中國聖賢的理想，就因為有孔子所說的「庶」與「富」為前提的。但是中國的治者，提倡孔子之道，而叫警察在路街上稽查行人的衣履之整潔，這實在是不能與西洋的社會並論的。

關於中西的文化的不同，以前有許多人說過是精神文明與物質文明之差別。其實這是一句表面上的漂亮話而已，物質與精神表面上矛盾，實際上是統一的，因為物質的文明也可以提高精神的文明，因精神的文明也可以提高物質的文明，二者常常是並存的。歷史的進展，我覺得是先有物質而後才有精神，笛卡兒說：「我思，故我在。」實際上，近代醫學證明，在人垂死時思維已失去，而生命還可存在的。所以這句話應當是「我在，故我思」才對。在社會中我們知道的事實同人體一樣，因為物質文明的存在才有精神文明的，但話兒並不是這樣機械，有時精神文明自然也推動物質的文明，可是中國的精神文明怎樣沒有推動物質文明呢？實在說，我們中國的精神文明，從整個來說，是並不能與西洋相比的，哲學、文藝，固然是他們豐富，繪畫、音樂、雕刻則更不能與他們並提。但是，這些不能並提的歷史最多也還是二世紀以來的事情，在孔子時代與亞里斯多德時代比，我覺得當時學說界之自由與豐富，西洋還不及中國的，以後他們中世紀還有悠久的黑暗時代，何以從此他們的進展就使我們不能望其項背呢？這不是我們聰明不及他們，或他們比我們優秀之謂。自然以後社會的物質的進展是他們的條件，但假如說推動這物質的進展，是還有他們精神文明的武器，那麼這就是亞里斯多德所創設的論理學了。亞里斯多德創立論理學，而孔子只是奠定了倫理學。亞里斯多德，以論理學打倒所有詭辯學派，作為西洋文化的基石。孔子的倫理學則是在實用上為當時社會所崇奉，為以後代代的帝皇所利用來維持人心與社會秩序的，於是形成了中國文化的中心。

亞里斯多德的論理學說是根據數學思想來的，而孔子的倫理學則是由心理研究出發的，所以由亞里斯多德出發的西洋文化，是客觀的，精密的，有序的，而由孔子出發的中國文化則是主觀的，鬆散的，凌亂的。這好像兩根不平行線的交點，由毫釐之差，而失之千里了。以後，中國悠久的封建社會是與這層很有關係。一直到現在，中國社會中的理法與秩序還都是屬於倫理，而不是屬於論理的。而西洋則反而由理論奠定了道德的秩序。這可知兩種文化的不同是不能以精神與物質來劃分的。而這兩種文化的差異絕不是在方面或是門目，而是在程度方面，組織方面，民族性方面表示出的。這就是說，西洋文明之比中國進步是並不限於科學，而是所有部門的學問都要比中國精密、整齊、雄厚以及豐富的。這些，我們在思想上，哲學上，文藝上，繪畫音樂上，在在都可以見到，是一件事實。

這些事實，固然並不能否認我們東方文化的特殊處與其獨到的地方，但是這特殊獨到的地方並不是有一個整個的精神文化系統可以與西洋文化對立的。那麼，恐怕我們所指的，所誇的那些精神文明這一類東西，只是指中國的倫理感情與道德觀念來講的。我聽見過辜鴻銘在某次演講中講到西洋人以警察維持社會，中國人以面子維持社會，是兩種文化的分別。可是這些道德觀念，倫理感情，現在何以淪亡到一點沒有，而反在西洋見諸現實呢？何以到現在，而西洋一切人民之整潔有序，譬如購物時的隊列，不賴警察只賴面子就可以辦到！而中國，則反而要賴警察來扣我胸前的鈕扣呢？這無他，這因為中國治者忽略了孔子治國的「庶」「富」，而只從「教」在著手之故。

儒家理想中之禮教文物，所謂「禮、樂」，所謂「雍雍穆穆」之氣象，原是要以

「富」為前提的。孔子的飲食起居之講究見諸史實，以「從大夫之後，不可徒行」來說，這種「禮」，是沒有富為前提是不能夠守的。這在我們這樣水深火熱之人民之中，即使是孔子之信徒，也知道「年頭」是不同了。那麼一般人民走不來這古典之路時，應當走哪一條路呢？現實的路，如西洋社會的秩序，我們沒有訓練，客觀的環境也不夠。於是大家都走到空虛而浪漫的道路去了。發生這浪漫路線第一條源流是市井上流行的小說一類書籍。第二條是美國電影上聰明能幹取巧，愚弄別人取悅女子的小生角色。前者可以七俠五義為代表，後者則可以羅克（Rod La Rocque），希佛來（Maurice Chevalier）為代表，大概舊的落後的人群都走第一條，新的摩登的人群就走了第二條。這兩條路，都是不把別人當作與自己一樣存在的人，而把自己看作超越的人選的。於是要不顧法理，想打抱不平；於是看不起比他能力或知識低一點的人；於是常常想在社會日常生活中占點先風。可是打抱不平要以生命去換的，唐吉訶德的精神也不容易學，所以只好在比他下屬的人群中充英雄。

我在京滬特別快車上看見一件事情，可以引在這裡做個例證。照章特別快車是不許通用免票的，可是那一次有一個軍人於查票時拿出他護照來，憲兵叫他下車，他不下去，而又不肯補票，於是爭執就起來了，最後憲兵要用武力把他綁到司令部去。這位軍人說：「委員長對我都客客氣氣的，你要綁我，補票，好，我補一張半票。」其實這軍人的氣已經餒了，可是爭執還不能停止，因為憲兵要他照章補全票。這時有一位拿著公事包的旅客，大概是哪裡的官吏吧，忽然打起抱不平來了說：「你們也太欺侮人了，怎麼拿出繩拿出手槍來要綁人，人家已經答應打半票還要怎麼樣？到司令部去，好，去。」由這英雄這樣挺身而出，事情就是以補半票了結的。這英雄洋洋得意起來，可是社會理法也破碎無餘。在北平，在東三省，在上海，都多這種官吏，可是當中國人被外人殘殺辱打的時候，我沒有看見有人挺身而出過。以法理來講，這個軍人不買票，自然只好補票或者下車，所以在唯理的社會中，決不會有這種英雄的。假如說這位官吏有點儒家道德，很簡單的替那位軍人補一張票，不就什麼都可以了結？但是他要以打抱不平來顯其自己的身手。要顯自己身手，漂亮或者聰明，所以在社會生活中他常要特殊一點的，所以有許多人，他不是沒有錢，但必要用徽章去看戲、玩公園，而不肯買票。他無理由的要騎著腳踏車在馬路上將別人車子碰倒。軍官如此，大學生如此，以及其他大城小鎮，大亨小亨，幾乎沒有一個人，不是以自己的聰明與能幹在社會中取點巧占點便宜為光榮的。有的因為一個人力量不容易這樣來取巧與占便宜，於是結黨聚眾，形成了江湖上的兄弟，呼三喝四，取巧占便宜無所不為。於是有勢力的汽車超著速度在馬路跑，有氣力的隨地撞倒一個人以為榮，有機智的隨時取點巧占點先以為了不得。這還有什麼倫理的道德的精神？用樂觀一點話來講，這是社會在過程之中一種不穩定現象，悲觀一點話來講，則是流氓式國民性的形成。

這流氓式國民性的形成是現在中國最大的危機，這種國民性是不會創造，也不會模仿，沒有主張，沒有是非，不會革命，不會做事，他不肯服從一種秩序，他沒有道德與倫理，他天天想在混亂之中占小便宜的。

這種國民性在中國，是上海、天津最先有的，後來漢口、北平、武昌等地也蔓延到了。現在除了都市裡少數有教養的，有人性的人以外，只有內地還存有中國固有淳厚樸實的民族性，但也已有少數土豪劣紳們從都市裡把這流氓性帶回去作威作福了。

總之，中國可以特別誇作精神文明的一點道德精神與倫理情感，現在也已經衰淪到要到泥土裡去找了。

本來，以社會生活講，發於論理組織的也是比發於倫理的容易入於軌道，而中國的道德又正在淪亡，那麼我們對於現在中國的倫理口號倒反而在西洋實行，沒有什麼可以驚奇了。可是論理的文化反映在民族性則是唯理的，而倫理的文化反映在民族性就成了唯情的了。唯理是資本社會的表徵，可也是促成資本主義社會的動力，唯情則是封建社會的表徵，但也是延滯封建社會的原方。所以在許多人的關係上，西洋人是枯燥而死板的。中國人在朋友交誼上宴飲吃飯，金錢往來等是常事，而西洋人是少有的。中國親友往來，寄寓累月是常事，而西洋人甚至是姊妹、父子、兄弟也要清算房錢；在中國不用說是朋友，就是普通的同伴，同學在茶店吃一點茶點，或者是小酌一餐，終是一個人付錢的，在西洋的就是一同在咖啡店喝一杯咖啡，也都要各付各的，除非是說明請客。於是一同吃飯，各付各的飯錢，他多叫兩杯啤酒來共飲是請客，過路買一包花生米在咖啡店吃吃，雖然各付各的咖啡錢，但也算是請客。這種機械唯理人生觀，是我們唯情的中國人眼光看不慣的。因而我想到，他們這些社會上公共道德，譬如問路時他詳細的指告，譬如你滑倒時他誠懇的扶你，譬如買物時的站隊，等等，只是一種道德的習慣而不是道德的情感。在中國內地，以前常常有人在小輪船上借回家的盤費，而常常有人，或者因為是同鄉，或者因為有一點面熟，而就肯慷慨解囊的。這種情感，則不是唯理的國家所能有的。這民族性上唯理與唯情的分別，反映在個人就有客觀主觀的不同。這所以在西洋人與人之間都有客觀的條件，每個人都是客觀的承認別人與我平等的存在，所以中國這些儒家「己所不欲，勿施於人」，「因己之欲，推以知人之欲；因己之不欲，推以知人之不欲」的倫理，在西洋是遠比中國人感到而遵守的。因為這種客觀的頭腦，在人群中與大家保持客觀的距離。我想，這大概也是在文藝中所表現的崇高的愛情，反而反映在東方的理由了。

其實以客觀與主觀來講，我在中西文字的起源中，感到我有點小小的見地是可以引在這裡作為參考的。

中國文字主要的基本的來源是象形，所謂象形則是像外界的物件。西洋的文字一般說是衍聲的，但是我覺得西洋字母的形狀，則是繪述他們發音時嘴部形狀的記號。譬如說O字發音時的嘴部是圓的，所以作一個O形，B字發音時上下嘴唇平均向上下開，所以作

B形，P字發音時一瓣嘴唇向下開，所以作P形，E字發音時，是嘴微開著，上下嘴唇平齊，舌尖在齒內部懸著，所以作E形，——其他一切都莫不如此的。歐洲各國讀音之不同處，大部的變換只在發音的深淺，以及嘴張舌伸的些微程度差別而已。假如我這個觀點是正確的，西洋的文字是像發音的口形。那麼似乎我們可以說中國民族是比西洋民族多一點客觀的精神，而西洋是比中國要多一點主觀的精神的了。但是事實上，中國文字是從象形得來一部分，以後從會意、指事、假借、轉注而豐富的，而西洋則是由人與人的接觸，由單音的記錄到複音的記錄而作為事物的代表的。在這個產生的過程看，則似乎西洋民族是比我們要多點客觀精神了。

本來主觀，客觀不能單獨用這樣的事情來推證，因為這裡面有許多偶然的成分。

但是假如說，希臘亞里斯多德創立論理學在他社會條件以外，還因為他有這樣一種很早遺留下來的不同的精神。這精神，依照近代生理學的發現，應當以某種腺（gland）的分泌來說。那麼，我們這民族的唯情，延滯那封建時代到現在，是我們千餘年歷史中人人少這一種腺的分泌了。可是事實上並不這樣。這事實，反映在日本的島國上。明治維新以來，他們進步一日千里，從物質文明的模仿與接受，在社會上產生了唯理的精神，於是其工作效率，讓我們看到他們精神文明挾進的保障。固然在他們保守的封建的軍權摧毀之下，我們不能給他們一個指日期限，但是東方的民族可以走唯理的道路，是同西方民族一樣的，我們是不必再懷疑了。

但是這樣唯理的社會是不是可以給我滿意呢？這種枯燥死板，機械乏味的人世是我們東方民族可以耐的麼？在中國，大學生們在雜誌裡的圖畫中看到巴黎街頭的歌丐、琴丐，咖啡店的畫師，街上的異性，終以為這種情調是很可玩味的了，其實這是錯的，在這道地的唯理的資本主義社會中，一分錢一分貨，什麼都是刻板的機械的買賣，沒有一點點意趣與感情的。意趣與感情的來源是人與人的接觸。在封建社會中，金錢還是人外物，人還有與人，有時以金錢為鏈鎖也還可有真正接觸的機會；可是在資本社會中，人與人永遠沒有接觸，中間隔著金錢一條橋，永遠永遠的，不用說是朋友，甚至是父女，母子，愛人與夫婦，更無論萍水相逢的路人了，把社會弄得個個都感到孤獨而後已。這所以許多人，尤其是窮人，是想從那裡面解放出來，以免去這幽冷陰悽的人生，這並不是想回返封建的社會去，是想更躍進到社會主義的境界去了。索性把金錢拋開，讓人與人都平等自由接觸吧。

在這唯理的社會之中，當我望見那些戲院門口購票的隊列時，我一方面感到這隊列是表示這社會的合理，表示那先到後到平等自由的秩序，但另一方面則使我感到，這隊列是正表示這群人能付出同樣的票價的，那些只能付低下票價的人，則是要站在另一個戲院或另一個隊列之中的，而街上的乞丐則終不能與這些隊列來平等的。所以，所謂唯理的社會，實在說，它只在同一階級之中維持一點秩序而已，並沒有把整個的人群，整個的國民，整個地整理出一個平等的原則。這社會的缺點，正如論理學的缺點一樣，只能保持死呆的部分的真理的。因為論理的社會有這樣的缺點，所以大眾在要求社會主義的社會了。在這社會產生以前，客觀的物質的條件之外，人類的頭腦早已慢慢地在要求跳躍廣化而深化了。這使我們相信論理與倫理民族性的差別是暫時的，追隨著物質的條件，精神的進化，要同產生一個新的個性的。

雖然這唯理的與唯情的文化都要進化到一個好的健全的文化上去，但是我們不能否認，他們唯理的文化是比我們唯情的要進步，因為文化的開始本來都是由欲而至唯情，可是西洋不久就轉到唯理，因而產生了十八、十九紀的科學家，因而改變了社會的生產與秩序，而中國則悠久悠久地在唯情之中走，要把社會的健全與秩序建築在良心與面子之上，所以永遠是一個不能兌現的空想，而那些一切倫理上道德上的要求，在西洋唯理社會之中，則是早已達到了。至於西洋文學上，藝術上對於戀愛崇高的理想，是因唯理社會秩序之深化而退化的，以中國這樣唯情的民族性，實現這戀愛崇高的理想是不難的。可是我們看，這並沒有道德秩序在西洋實現為普遍，也沒有過去西洋唯情時代對於情愛來認真與肯犧牲。而且道德秩序在西洋現在是更加深化而廣化，而愛情的認真與崇高，在中國則是淺化狹化而越來越少了。但這退化的現象並不是中國進於唯理社會的徵象，而只是我上面說到的一種流氓國民性的長成！這是多麼可悲呢！

所以，中國怕的不是落後，也不是中國文化現在不能與西洋並論，所怕的則是流氓國民性的長成。因為這是出了歷史軌道以外的方式，是不但阻止，而且破壞文化——無論是物質的或精神的——的發展的。因為這種取巧，這種想占便宜，這種不肯吃苦，不肯犧牲的劣性，結果只是以小聰明、小手段寄生在社會之中，對於真理不會認識，對於實事不會努力。在道德上，結果將永遠對於弱於他者殘忍，而對於強於他者懦弱的。

當我看巴黎拆電車軌道，想到其原因時，不禁想到上海那班汽車電車的駕駛員，對於中國的弱者躲慢一點而破口大罵，而對於昂首闊步的一個東島水兵或外國醉鬼，而喇叭與鈴鐺都不敢叫一聲的事實。那麼假如上海正在加添電車軌道的話，我在三萬里的海外要更為我們小腳的祖母擔憂了！可是我也要為交通阻塞擔憂，不過所擔憂的交通阻塞之原因，不是如我為巴黎電車所設想的，是少女的高跟鞋，而是那昂首闊步的東島水兵與西洋醉鬼也。

一九三七，四，十三，深夜。巴黎十四區。

印度的鼻葉與巴黎的小腳

莫泊桑一篇小說《項圈》，在中國有好幾個人翻譯過，所以我想大家都熟悉的。這故事是說一個小職員的太太，因為部長的請客，在一家富家裡借得一個項圈，出了一夜風頭，早晨回來時，項圈忽然不見，於是傾家蕩產購原樣實物奉還原主。以後刻苦積蓄，悠悠十年，方才把家庭經濟恢復，可是那時候才知道前所借的項圈原來是「料貨」。

這小說我很久以前讀的，所以所記或者有點出入，可是這裡所要說的不是故事的本身，也不是談莫泊桑的小說藝術，所以也不必把這故事說得怎麼正確。問題要想向讀者提出的，是當窮人向富人借首飾時，竟會把偽的當真的借來，竟會當作真的去出風頭。在她這一夜風頭中，我相信席上許多闊人早就看出它是假的，而她自己不知道罷了。不用說她所戴的本是「料貨」，就是真貨，在你窮人身上，誰會相信不是料貨呢？世界上生成就有這勢利的觀念，在闊人地方的東西，假的會變成真的，蹩腳的會變成講究的，過時的會變成時髦的，而在窮人地方則正是相反。小職員的太太，以為闊人家中的一切不會錯，所以不問真偽就以為是了不得的寶物而借來，而出風頭，而因此滿足了虛榮。世界上女人的服飾也正是一樣，鄉下人相信城裡，城裡人相信都市，一切都模仿都市的時行。各國都市又相信巴黎，於是巴黎就什麼都好，什麼都美起來。巴黎女子的衣裝，帽樣，巴黎的化妝品，以及巴黎的一切。多麼不合理的是好，多麼不舒服的也是好，與巴黎所風行的樣子相背的，無論多麼美都是醜，無論多麼合理的都是野蠻了。

在海外的東方孩子，我一般地觀察到，幾乎個個人都有這勢利的眼睛；許多離我們稍遠，我們不常見的事物，屬於西洋的他們就以為是真，是美，是善，是進步，屬於落後民族的，他們就以為是偽，是醜，是惡，是野蠻。這種觀念原是難怪的，因為整個國家的文明是別人進步。正如我們看見富人一樣，因為一般的是他有錢，所以以為他一切用具與飾物都是比我們以及比他窮的人華貴了。可是文化與美，有時候不是一般的，正如窮人也可以有一顆祖傳的珍珠一樣。普通一個工人，一個農夫在我們一般的講，學問自然不及大學生，可是在他們特殊的知識與手藝有時遠超過大學生以上的。所以我們應當平心靜氣來看看我們眼前的東西，像一個當鋪的夥計一樣，一件貨物無論是窮人是富人交來的，我們應當把它客觀地估估價看。

或者大家以為巴黎是女子服飾最講究的地方，所以一說到女子就記起巴黎，好像巴黎也是出美人的地方了。在中國，留學生回國，愛替外國吹牛，所以在國內朋友，好像都覺得巴黎是多美人的。我在巴黎日子雖不久，但街上每天看見無數的女子，沒有一個可以稱得起美的。有一次在圖書館中，才發現了一個美女子，可是我後來聽她說話又知道原來她並不是法國人，是一個白俄。在溜冰場上，我又看見一個美女子，我以為這是巴黎靈氣所鍾之人了，可是聽她說話，原來是西班牙人。我在國內北方時候，許多人都說上海人壞，其實這是冤枉上海人的，我在上海住了許多年，真正上海人不過碰見十來個。所以說到巴黎的女子美的話，恐怕也是冤枉巴黎女子吧。如果說「上海人」與「巴黎女人」的名詞，是以住在那裡的人為標準，說上海人壞倒是一個正確的判斷，說巴黎女人美則是世界的謠言罷了！

一個美人，無論男的女的，同天才一樣的難得。天才的出現並沒有國際的界限，美人自然不會專出在巴黎。天才還有後天的環境，歷史的傳統，美人則比較更靠先天。美的標準雖然各民族不同，但是各民族有各民族特殊的美點，同時民族與民族間也有共同的共存的美點。先進的民族不見得多天才，近代自然科學的偉人叫愛因斯坦的是猶太人，社會科學的偉人叫做馬克思的也是猶太人，猶太人是亡國奴，可是天才竟出於亡國奴裡。雖然巴黎、紐約有幾千女子天天在用科學方法把身材弄瘦弄胖弄長弄短在鍛鍊，以求切合於愛神塑像的模型，可是這只是一種努力，努力可以向美發展，但沒有天賦還是不行的。

歐洲的文明，並不是他們多天才多聖人。國家的強盛，建設的進步，恐怕還在一般知識的提高與一般人民工作的努力與緊張。一個普通常用的工程師、一個學者，只要一點點努力都可以有，用不著什麼大天才的。一個衣服整齊，面貌身體正常的女子，家家的女孩都可以做到，用不著一定要美人。所以國家進步與落後，只是一般人民程度的提高，歐洲比我們行的地方就在這裡。他們人人都有普通智識，都有讀報興趣，都有普通事件的常識，都有水平線的聰明，都有點愛美的興趣與打扮的能力，所以普通女子都不會穿顏色太不調和的服裝，也不會作不整齊而奢侈的打扮，也不會有外面穿華麗緞子衣服，裡面襯衫袖子非常齷齪的衣裝，這就是她們的特點。所以說在巴黎看不見美人並不是稀奇的事情。同樣的巴黎時行的裝束說是怎麼樣在世界上出奇，怎麼樣特殊的漂亮，怎麼樣的美，也不是正確的了！自然，巴黎有它特殊的漂亮而自出心裁的打扮，但是中國、日本、印度也何嘗沒有呢？以前我在雜誌中，畫報上，書籍裡看到印度人馬來人鼻葉上帶著鼻環，或者當時受了些白種人武斷的批評的影響，以為這是一種野蠻的裝飾。可是當我這次來歐洲途中看過幾個這種裝飾的女子後，我覺得這種武斷的說法，實在是再野蠻沒有了！

因為在我們批評別人的野蠻時，到底指什麼而說，我們自己都還不知道的。如果說她是損害肉體去打扮，是件野蠻的事情，那麼中國的纏腳，西洋的束腰自然更野蠻，離開纏腳束腰不算，那麼西洋人、中國人不也都帶耳環麼？耳環與鼻環是一點分別都沒有的，同樣在肉體上穿一個小孔，同樣套一個環子或者是一粒寶石或一點金星。要是說野蠻不在她們損害肉體去打扮，而是因為這打扮不是美的，那麼那根本是說話的人審美能力的殘缺，而不是打扮的殘缺。

自然，大多數的她們因為整個生活的落後，衣服的不整齊與骯髒，使我們見了有點不習慣，但是她們有教養的女子，有許多特出的地方是我們中國人，日本人以及西洋人所不能及的。

我覺得中國、日本的女子，臉大都長得太平板，腿長得太短，身體的線條有柔和之美，可是失之於弱；態度舉動，有靜穆文雅幽閒之美，但是失之於懦。西洋的女子的舉動態度都靈活有力，可是失之於粗。鼻子常常太粗露不整，臉部有時就太蹊蹺。頭有時太大，頭頸似乎有時嫌短。她們衣服沒有領子，確是補救不少頸短的缺點，但自頸至肩的線條，就令人感到粗糙。中國人在這點上是比西洋人美的，所以可以穿高領子的旗袍，但是一到肩部，線條就嫌柔弱。以前中國所謂美人肩，是使人看了覺得可憐的，現在雖是不時行了，可是一般的柔弱還是存在著。

印度人的美，所以為西洋人中國人不及的地方，就是他們是介於二者之間的，有中國人、西洋人之美，可是很少有他的缺點。以臉而論，他們是靈活而不蹊蹺，平整而不單調的，眼眶有西洋人一樣的深邃，睫毛可特別的長，眼球尤其清潔乾淨，所以眼睛灼灼發光，特別顯得靈活有神。身體有西洋人的高度，所以腿不太短，態度舉動有靜穆幽閒之有中國的「儒」與西洋的「粗」的缺點。頸美，可是內藏著無限的活力與精神，因此沒有中國的「儒」與西洋的「粗」的缺點。頸有中國人之長度，而頭部似較西洋人靈小，所以自頸到肩背的線條，是遠比西洋人峻峭，比中國人健碩的。一般人都說中國人宜近看，西洋人宜遠看，假如這是真的，那麼印度人宜遠看亦宜近看是沒有疑問的。

人體美的標準，最沒有辦法的是皮膚的顏色，其實這是不必有什麼標準的。正如一件衣料的美醜，黑底的可以有美，白底的可以有美，黃點藍底的也可以有美的。中國人皮膚愛白皙，西洋人因為太白皙，所以她們愛用黃棕色的粉脂，印度人皮膚是棕色的，我覺得用不著什麼粉脂，已經有他的美點。以膚質論，自然沒有中國人的細膩，但也沒有西洋人的粗糙。近代西洋美容家，首要的口號就是毛孔緊縮，但這只是呼聲，假如有，也不是永久而普遍的。可是中國是天生有的，印度也有。

但是印度人有一個最不美的地方，就是嘴唇的顏色太黯，這在他們眼睛特別有光的臉上，是更顯得缺少一種均勢的，要補助這個缺點，是要靠他們整齊而白皙的牙齒，可是印度美是在文雅之中含著力量的，勉強說或者是一種莊肅吧。這不知是否與他們宗教有關係，我覺得有點神祕的趣味，這種趣味因此就使他們不常露齒。我想就是因為這個緣故，所以他們需要一種裝飾，以彌補這個缺陷，這裝飾就是鼻葉上戴一個環子。從我所見到那幾位所謂有教養的女子看來，現在用的大概不是環子而是一小點鑽粒，正如我們中國常用在耳朵上的小粒鑽飾一樣。我覺得這在美學上很可以尋到根據，而她們是從幾千年的審美經驗上得來的，我們有什麼立場可以說她們是野蠻的裝飾呢。

印度人是需要一種合於他們唇色的口紅的，鼻子的旁邊似乎也需要一粒痣，可是他們的鼻飾代替了這二層的需要。一般我們在雜誌上看到的他們過去所用的環子，有時的確太大太長，這太大太長的來源，我想同中國許多人戴了滿頭滿臂的首飾一樣，是由美的裝飾蛻化為賽富的作用的緣故。這是中西洋都有這種情形的，我想每個人也都有這種經驗。中國的小姐太太們也可以想想看，是不是有時為要戴一雙質料比較講究的手套，而把整個身體的顏色的調和破壞呢？是不是有時因為要多戴一隻指環，而把你整個素美的純潔的打扮損害了呢？所以這種為賽富的作用而呈現的形態，不是原來為美的本質，我們是不能根據它來談的。

在她們一星的鼻飾上，使我很容易想到西洋的beautyspot。beautyspot就是用漆黑的黑痣來點綴平白無瑕的臉上，使其有一點缺陷，可是這缺陷，是使白底與黑點二者的矛盾與衝突發生一種襯托的作用了。但這是與鼻飾的作用不同的。

如果要說這種缺陷美的點綴是西洋近代美容上最奇的研究與收穫，要來野蠻地批評東方的裝飾是野蠻的話，那麼我要向大家申說，這缺陷美在中國在印度是早就用著的。

我現在一時說不出中國開始運用缺陷美的年代，但是，中國女人在鼻梁上兩眉的中間點染一種柳葉形的紅印，是遠在西洋運用黑痣以前，而這紅印的點綴，也正是完全一種缺陷的作用。

中國現在，大人們有興趣時，也替兒童們作這一種打扮，是還可以讓讀者去尋到這點點綴的作用的。

印度人運用缺陷美也是在兩眉的中間，也是紅色，地位比中國似乎高一點，而形狀則不是柳葉形，而是一種完全像撲克牌上的紅心（heart）或方塊（diamond）。這種缺憾美開始運用的年代我不知道，但是我在博物院看到「The Last Queen of Kandy」的像上，是已經有這個裝飾了。印度女人現在還多數同樣的在點染。

這三種不同的點綴，都是為缺陷美所需要，可是其要求是不同的。西洋人的黑痣作用是令人對她起了親切無邪的感覺，中國人的紅印是令人對她起了一種憐惜的情緒，而印度的紅心，則會使人覺得她崇高而神聖的。這我想大概是各地社會環境，對於花，對於自然，對於女子美的鑒賞是不同的緣故。西洋要求是天真無邪與親切的姿態，中國要求的是值得憐惜的風度，這在以前西洋文學中，中國文學中表現得非常明顯的。易卜生把小鳥般的娜拉拉出家庭到社會上來，是攻擊男子社會對於女子以天真無邪親切的條件作為美的標準的。可是一直到現在，社會還是屬於男子的，西洋的女子還要用黑點來表示她的無邪與天真。中國向來以病態美為美的原則，所謂「我見猶憐」、「弱不禁風」……都是文人讚女子的口頭禪，纏腳的發明也是為適應這種要求，所以中國女子要顯出病態來是自然的結果。鼻梁上的紅印也是這個道理，所以它有時候不靠點染，而是靠手扭捏的。對於印度，我可說不出什麼，但是從博物院中的皇后像看起來，從他們社會上宗教的空氣看來，從女子們莊肅的風度看來，把女子打扮得有點神聖與神祕的意味，正是極不矛盾的事情。

中國現在是一天天歐化了，腳也放了，紅色柳葉形缺陷的點綴也不要了。這兩年來，小姐們在夏天都愛穿露孔的皮鞋，我總是感到不美。對於上海那般西洋人，不管腳趾上染得多麼紅，我也是一樣的感到。但是我說不出其中的理由。我想了許久，後來才覺得，或者是它引不起我自然的感覺的緣故。美，當然不盡是自然，還有社會的趣味，但赤腳是向著自然美走的一種運動，如果不能引起人有點自然的感覺，這個失敗就可以是不美的理由。譬如露腿，也是向自然美走的一種趨勢，它就能夠引起我一種自然的感覺，這就是它成功的地方。但是我還想不出這個不自然地方在哪裡。一直到見了印度女人的腳以後，才知道中西女人們的腳實在太病態了。中國現在二十歲左右的女子，或者還穿過中國的布鞋，中國布鞋有時候太小太短；後來同西洋人一樣，穿西洋皮鞋，西洋的皮鞋時行高跟，腳趾往前衝，頭又尖，到現在，弄得所有上海這般中西女子幾乎沒有一雙健全的腳樣。腳趾發育得尤其不健全，不是小趾深藏在第四趾下面，就是第二趾翻在大趾與中趾上面，又因頭往前衝，腳趾都參差無序，有許多畸形的彎曲，有的還露著許多腳癤，看來實在不美。印度女人的腳的確少這些毛病，世界上腳最美的在塑像方面是釋伽牟尼佛像，這在中國，在印度廟宇裡都是一樣的，在人方面是八歲十歲以下的兒童，印度女人雖然不能同這些比，但至少令人起一種乾淨的自然的感覺。其實印度女人現在也多穿高跟鞋了，能夠保住這點自然的乾淨，我想她們一定有進房赤腳的習慣的。這是中國摩登小姐，西洋時髦女郎所不能及的。

前些天接到《宇宙風》寄我的一冊陶亢德編的《她們的生活》，首篇就是謝冰瑩女士的一篇〈補襪子〉的文章。她在獄中不肯脫襪子露出她纏過的小腳，所以想盡方法要補襪子。不肯脫襪子怕露出難看的腳。這是冰瑩勝過於不看自己腳樣而妄穿露腳皮鞋的中西名媛的地方，但是她怕丟中國的臉，我倒以為這是不必的。因為巴黎現在也正風行著小腳，這小腳的風氣，我想不久就會傳到美洲與日本的，像日本這樣矮美的女子，有一雙傳統的大腳為美，是應當而且必然的會接受巴黎的傳染的。

說到巴黎的小腳，使我想到中國有一個傻子的故事，這故事說一個傻子拿了一個長竹竿進城，豎著拿不進去，橫著拿不進去，正在無法可想的時候，城上的兵士說：「你這傻子，快交給我，我替你從城上遞過去。」於是這長竹竿由城上安穩遞過。但是他們竟會想不起像竹竿這樣長的東西，平直的時候，從一個直徑半尺的圓孔就可以穿過去的。所以一件大的東西，換一個方向可以變成很小，人類的腳也是一樣，平看看似乎一尺三寸，但豎起來同牛蹄並不差多少，巴黎的小腳第一個方法就是把腳豎起來。這就是說，他們的鞋跟已經高到把腳直豎起來的境地了。高跟鞋不是今日始，但為要腳小而更將其跟做高，這是現在才注意到的。這是第一個技巧。

第二個技巧是將鞋底做得狹，狹得只有二個手指的地位，以這不到一寸闊的地位，要放西洋女人五六寸寬的腳，無論它怎麼把腳趾背在一起，也終是不可能的，所以實在說腳只是支在圓形的皮鞋面子上。皮鞋面子的下部是硬得同鞋底一樣，所以腳放在那裡不會軟下去，從這支點到鞋底的空隙，則用皮，用絲絨填起來，這個方法可以使我們想到中國的「裡高底」的作用。民國年代生出來的人或者是沒有聽見過「裡高底」，可是你們的前輩都可以告訴你們，這就是用木頭做成小腳跟的樣子，襯在鞋跟裡，把較大的腳踏在上面，這也是把腳的寬度放到鞋面的一個辦法。然而現在這辦法換了一個形態用在巴黎時髦女子的腳上了。

這兩種技巧，第一個是屬於物理的，只是用小的方面露給我看罷了。第二個是利用我們傳統觀念的弱點，傳統上我們總以為腳放在鞋底上，鞋底一定與腳底一樣大，所以我們在她們鞋子上看，以為是多麼玲瓏的小腳了。但是他們還用第三種技巧，這是利用我們視覺的錯覺的。所謂視覺的錯覺是根據心理學來的，同樣的利用這個原則，使我們看鞋會小了許多，雖然他們是同樣的尺寸。

這就是說，這個技巧的運用是他們把鞋跟斜到腳底的中心來了，此外技巧上他們還注意的是把鞋子做得合適，整個的把腳裹住，使腳與鞋中間一點空隙都沒有。這似乎在運用經濟的本事了。

不管她們用什麼花樣，事實上她們以小腳為美是與中國沒有什麼不同的，也沒有什麼比中國進步的地方，所不同的中國的小腳是預備在長裙裡移動，是預備在大殿深宮廣廈金屋裡「婀娜」的；而巴黎的小腳是要露在外面，在咖啡館，歌劇場，跳舞場裡去「蹁躚」的。前者是迎合封建社會的需要，後者是迎合資本社會的需要，需要不同，因而形態各別，可是其為男子中心社會中變態的裝飾則是一樣的。

我不是小腳的歌頌讚美者，但我覺得中國小腳在文化上只是一種變態，而不是怎麼醜惡，也並不是什麼野蠻的事情。在歷史的過程中，畸形的裝飾與習慣各國都有，但都有他地理的歷史的或者社會的根據。中國的小腳是不合理的，但在當時環境裡，的確是一種美，這是無可疑慮的事。在社會進化的過程中，一種美到後來變成醜，也是世界各民族都有的事，不止中國小腳不美於繁華的動態的社會中為然的。巴黎的小腳能夠美到幾時，這也是有一個可數出年限。

歷史的演進，或稍稍快點，或稍稍慢點，我國環境不同，使呈現的方式稍異，而其整個的趨勢總是一樣的。所以掛著五寸長的耳環而笑印度女子的鼻飾為野蠻，捧著巴黎的小腳而譏中國過去小腳為野蠻，這是件多麼野蠻而不講理的事情呢！

一九三六，一，十一。巴黎。

民族間的距離

在孟買，大概的地方我們都參觀了。我們看見特殊的商店，看見比上海印度巡捕要瘦小許多的印度人，我們在博物館也看到許多印度歷史上的文化，但是對於印度的理解，至少在我，還沒有從這幾天中，孟買上船到歐洲來留學的那群印度青年的交談上，觀察上得到的多。博物館裡，最使我驚奇的，是印度的畫與樂器，我沒有記住它上面所記的年代，反正在那很早的時候，其繪畫與樂器已經發達到相當的階段，而中國同時代的藝術，尤其是音樂，似乎是遠不及他們的。然而像這樣的民族，現在被大家輕視了，中國人也在輕視他們。

在那群印度留學青年上船以後，碼頭上那群送行人，好像也在送我們似的，我們不期而然的把手向他們招起來。那隻船在上海啟行是早晨四時，送行的人，一、二點鐘都回去了，中國學生們幾天來的疲倦，在那時一睡，醒來已是七、八時，船早在海中漂浮，四顧茫茫，舉目無親——所以對於那群印度學生，能夠與送行的親友招手是感到無限的羨慕的。印度人談話的表情比中國人厲害，他們感情比中國人顯露，送行人群中，許多少婦的大聲笑逐，似乎是中國人所沒有的。我當時想，那群幾個有教養的印度青年到白色的船上與幾十個中國青年作十來日的伴侶，用他們赤露的感情與中國青年交往，是件很有點意義的事情了，雖然不是什麼形式的親善會議，至少是兩個民族的接觸，是可以有點互相了解的。可是事實上並不如此！

印度人有許多「不文明」的習慣，穿著睡衣在甲板上走，到便所常用齷齪的腳在馬桶上蹲著解手，房間內弄出一種氣味，餐桌上有時還把用過的牙籤放到牙籤瓶內去，種種齷齪與隨便，不久就被中國人看輕討厭起來，一討厭他們，自然不願意同他們再接近了。

但是，我對於他們這些不良的習慣是諒解的。不良習慣各民族都有，不過所顯露的方面不同罷了。像印度人這些不良習慣，在中國內地，尤其是邊疆上所常有的，大學中歐化許久的學生們或者已經褪去了落後的習慣，但我想，在各人的故鄉中，許多同胞是不是尚在許多不良習慣中生活。那些都是我們的父老，我們的兄弟姊妹，我們難道也這樣輕視他們麼？在歐洲，我現在是在巴黎，我覺得他們有許多習慣也不見得是好的。譬如一清早，在小街上走，三、四層樓上的居民就在你頭上打毯子，抖被單，刷衣裳，這難道是一件公德的事情？我覺得公德不是道德，只是一種習慣而已，習慣無論哪一方面都有的。譬如吃東西，我們北方人初看見廣東人吃蛇，引以為奇，其實在吃蛇的人，則反會覺得不吃蛇是奇怪的。西洋人一到中國，就罵中國的種種不衛生習慣，假如這種樓窗上抖被單是中國的習慣，西洋人第一次遇到，又將怎麼說中國人是多多不講公德的民族了！現在不必說廣東吃蛇是野蠻，也不必因為某人某種習慣不好，就看輕他們，自然我們不妨互相帶到好的習慣上去。我在內地，看到許多西洋的天主教教士，穿著中國布袍，布褂，布鞋，布襪，在所謂種種不良的習慣中生活。我還知道吳稚暉先生演講中，說到陳獨秀先生的公子該死的罪名，說他是共產黨，說他齷齪不堪，臉幾天不洗，牙齒永遠不刷，同工人、洋車夫在一起吃極齷齪的東西。（吳先生的口才，以及演講記錄的筆墨都比我好，原稿現在無法查，所以只記一個大概。）我不是天主教徒，也不是共產黨員，但除去對他們這種精神的愛敬外，還感到真正兩個人，兩個階級，兩個民族的接近與理解，是要他們這樣虛心靜氣地來越過這些習慣的距離的。

民族與民族間的距離不只習慣一種，言語文字也是我們所不能忽略的。可是言語文字則是一種隔膜，是大家都知道，本來是一時沒有法子穿過的，不過我們與印度人間，在這點上已經借英文而溝通，但為這習慣的距離，使這次兩群民族的優秀分子，在十餘日的同舟中，多數的人竟沒有交一言，我覺得這是一件很不幸的事情。

其實不但民族與民族間有距離。人與人間也是有距離的，將團體與團體的對立不算，個人與個人在日常生活中，若都是板著面孔保住著難越的距離，尤其在都市裡，十年的鄰居可以不交一言，五年的天天同電車可以不打招呼，全年到頭天天同桌吃飯，可以不說一句話，把這熱鬧的世界弄得這樣寂寞，人類到底是什麼樣的動物？

在上海，我住在虹口的時候，天天在電車上碰見一個女僕帶領三個孩子上學，一個大的約有十一、二歲，小的約有七、八歲，另一個男孩子恐怕還只有六歲，有時候還同車回來。這樣常常見面也有三、四月之久了。有一天我回家的時候，那三個孩子，也從中途上來了，大概是家裡有事或者有客，或者女僕離職了，總之那天沒有人陪她們。那位大的女孩，一隻手提一隻書包，一隻手領她小弟弟，那位小女孩則提兩隻書包，大的上來以後，這小女孩上來非常吃力，我在那時候幫了她的一點忙，她們倒沒有什麼表示。所以快下車的時候，因為我知道她家的弄堂是我天天走過的，所以我就說：「我替你們拿書包好了。」可是出我意外，是那位大女孩盯我一眼說：「儂要哪能？」（滬語：你要幹嘛？）而全車的人也注意我了，這注意有點輕視，像是說我在騙她書包，或者說我在尋女孩子的開心吧？我當時滿心不舒服，我對於我所住的世界我真是糊塗起來。其實對於女子說話的顧忌，傳統的我有個習慣；對於男子打招呼，後天的我也有點警戒，無論你問路或者打聽什麼，總要看看對方的「吃相」；至於對兒童還要當心，這是我從來沒有想到過。但是這個教訓，是足夠我許多日子的思索的。兒童有什麼心腸？只是上海的環境，使她家庭給她這樣的教育，對於所有的人類，卻抱著顧忌與害怕的心理了吧。可是相反的我在另一方面看到，有這些愛打牌的人，新搬進一個地方，沒有三、四天工夫，前前後後的鄰居男男女女的都弄得非常親密，比同住十年以上還要熟悉，這又是什麼道理呢？這沒有別的，是他們有了同好的地方，從這些同好的地方，把他們的表面虛偽都打破罷了。

兩個人接觸，大家都要擺架子，什麼都不願意告訴人，無論思想，主張，欲求，都不露一些痕跡，結果兩個人對坐一個兩個鐘頭，一天二天，互相提防對方是否會看輕我，是否會偷我東西，是否會防我防賊，而一句談話都沒有，即使有話，也只是「今天天氣哈哈哈」而已。於是時日一天一天過去，地球都可以套一圈了，而兩個人還是遠遠的各裝各的玄妙。我對於這一層永遠不明白是文明的人類所應有的事情，所以在可能範圍之中，我是要設法打破這層虛偽的。以多數的來說，我相信兩個人都可有同好的，無論民族多麼不同，習慣多麼異殊，事實上總有可以談談笑笑的地方，火車上大家很悶，何必死板板地對坐，談談說說不是一件比較合理的事情？

所以所有我的旅行，無論對坐的是兵士，是鄉下佬，是商人，我終會誠誠懇懇同他談一陣，這幾年我有不少短途的旅行，從那裡我得到許多有趣的經驗。這使我養成一種不就自己所好，則就對方所好的去談，我從那裡得到了不少的知識。

在津浦路上，我幫一個鄉下老年人搬一個行李，我同他談了許多話，北方農莊的事情我因此知道不少。並且知道在他的經驗中，所有穿洋裝的洋學生，都是看不起他的，只有我，他說是他第一次見到一個「外國派」的人會同他這樣好。從蘇州到上海的夜輪船裡，因為輪船中人多地方少，沒有睡，我同一個兵士談許多話，他參加過滬戰，告訴我許多滬戰的事……其他同學生，同商人等等談話，更是不計其數。在這些經驗裡，有個有趣的統計是這樣的，大概以年齡論，三十五歲以下談性的問題最容易，四十歲以上的則談生活問題容易接近；以階級論，對勞動者談生活容易接近，對其他則談異性容易接近；以地域論，對鄉下人談生活比較容易接近，（這大概是鄉下人腦筋封建，以為女子可想而不可談的緣故。）對城裡人則談異性容易接近；以職業論，對勞工、商人談生活比較容易接近，對學生及小官僚則談性的問題為容易接近。離開這些，就是談國事，談主張與思想而接近，但這是最占少數，談這些主張與思想是要等接近以後才有的。其實生活與性色，為人生兩大欲望。孔子曾說「食色性也」，羅素曾以為人類不是屬於「馬克思主義」，就是屬於「佛洛伊德主義」，在我這個有趣的統計中，也得到一點證明了。以後我的談話幾乎有了公式。從報紙或從對方所看的書入手，探探他的思想；引不起他的興趣，就從國事談到生活，或從車外的田地談到收穫，談到他們鄉下的種種。有一次一個坐在我對面的鄉下青年在對著窗外唱山歌，我於是同他談女子一直談到他家。生活引不起興致的人，談異性一定配他胃口。每個人各人的環境不同所以大家都不相同，但在同方面看來也可以有這樣的相同，莊子所謂「自其同者視之，天下齊一也。」竟是這個道理。

在船上我也用這個公式，我同許多印度人與西洋人都接近了。一個有趣的發現是這樣的，談性色容易引起西洋人的興趣，談生活則容易引起印度人的興趣，這原因，第一、因為西洋人來東方，都不受經濟的壓迫，而印度人則日日在英國拘束中生存。第二、是西洋人對這些兩性的事情看得比較公開，而印度社會社交還沒有公開，所以對於談性色是不習慣的，然而不是絕對的分別，不過大概的情形如此，已經夠使我們發生興趣了。

對於生活，印度青年中幾乎個個都有強烈的民族的意識，他們要求自由與解放是非常之切的。這群印度赴歐留學的青年，幾乎完全是學醫或學工程，可是他們對於英國所用於殖民地的許多經濟政策，都有透徹的理解，這是我們同行的中國同學所不及的。我們有許多學醫學理工，甚至於學社會科學的人，都只知道行內一點狹小的技術，對於整個的社會，政治與經濟，一點都不知道，有的幾乎連普通的公民常識都沒有。這一種公民資格的缺少，使我感到即使他對於醫科、工科、銀行有很大的研究，他一定會覺得在中國做他行內的事與在滿洲國做事是沒有什麼分別的。幾年來有不少有專長的留學生都為人奴了，我想這是一個重要的原因。

習慣是民族的距離，言語是民族的隔膜，除此以外，我想成見也是同習慣不能分離的一種距離。譬如我上面所講的，那個女孩子的態度，就是她腦筋中先有一個先入的成見，這種成見是非常厲害的。我在中國常常在書中看到，也常聽到人家談到英國人的驕傲，所以當我在比京公寓中與一個英國青年同桌吃飯時，因為我有這一個成見，所以決定不同他談話。比國的習慣，見面時大家總要說聲「早安」，他後進來不同大家說（桌上還有幾位別國人），所以我更覺得英國人的驕氣。但是飯後我們談起話來了。他法文比我還說得不好，因為我英文可以將就，所以言語的隔膜，總算是沒有的。大家在比國，習慣的距離，我們間也算沒有。這距離就是我腦中「英國人驕傲」的觀念，但是他先對我說話了。他一句寒暄以後，他就談到政治，他反對法西斯，他也並不滿意英國。他在比京是學音樂，小提琴、鋼琴是他的本行；可是他一談政治，同我談到三個鐘頭，我們間已完全沒有距離，我早已忘了他是英國人了。

西洋人比中國人、印度人容易表示政治的意見，思想的立場，主義的同情，（假如他心中有的話）在中國，這樣的態度是絕對沒有的。這大概因為中國有一個錯的觀念，常以為研究共產主義，就是共產黨徒，同情托洛斯基，就是托派要人，贊成國家主義，就是反動叛徒，所以見面只好默默，同談「今天天氣哈哈哈」而已。在這點上，我深深地覺得西洋人比較容易接近得多了。因為談到主張與思想，兩個人的靈魂方才算是真接觸。

在船上我會見一個瑞士人，他贊成莫索里尼與希特勒，意思上也贊成日本侵略中國；他以為不進步的地方，由文明人來接管是一件於世界有益的事，有一個法國朋友，整天同他在一起，可是這法國朋友並不贊成法國，反而極力頌揚希特勒。船上我在讀一篇左拉的小說，可是他說你怎麼在讀左拉的東西，左拉永遠講窮人呀，眼淚呀，一點沒有美感，那麼在藝術上他們是唯美的，他們不贊成宗教，可是我說義大利的文化頂點就是宗教，上帝教皇與莫索里尼是三位一體的。他聽了並不生氣，反誠懇地告訴我這因為義國、西班牙民族有極濃的宗教性的緣故，他對於中國知道很少，沒有成見，可是終因為我不贊成他根本的思想，我們間有一個極大的距離，這距離不是屬於「民族」，而是屬於思想，屬於意識的，因而使我們不能太接近了。

一個法國人他會討厭祖國，頌揚希特勒，中國以學有專長的人做人奴，這民族的距離到底在哪裡。記得馬克思說過「工人無祖國」的話，對商人何嘗有祖國？歐戰時德國軍火商賣軍火給協約國，協約國軍火商賣軍火給德國，這都是事實。此外農民學生小百姓們，有時候只想一個較安逸的生活而已。實在，人與人之間的距離並不在於民族的不同，而在於興趣與思想之異趨，民族的距離不過習慣與成見而已，這兩者看穿了，慣常了，也就成為自然。譬如西洋人對於朋友間金錢分劃之清楚，同時喝杯咖啡，要各人出各人的；同時坐一站電車，也各人買各人的票。這些地方很容易使我們感到他們的鄙嗇，其實這也只是一種習慣罷了。所以越過了這些習慣與成見，不同民族是沒有什麼距離的，有之，則就在於思想與意識，可是它是同樣存在於同一個民族中。同時，所謂習慣與成見也不一定不存在於同民族之間，同民族間所以能夠沒有，還是在能夠互相了解與原諒。其實，許多不能了解與原諒印度人的中國大學生，也會同樣不能了解像我們蒙古、甘肅、新疆的同胞，甚至與我在津浦路遇到的鄉下的農夫的。中國教育，某一方面實在是失敗的，許多洋樓水汀完全歐化的設備與建築，實在與中國社會生活距離太遠了。使那些四年六年生活慣了的孩子，好像已經把他們變成另外一個多麼優秀的民族，他們似乎有點不屑與整個民族稱為一個民族了。

其實在思想情趣上相合的人們，他們互相間對於在地上吐一口痰，或者對於一根牙簽沒有拋掉，（我想印度人或者也用中國以前象牙牙簽或銀簽的習慣，當時沒有問清印度人，不敢武斷，注此備考。）難道就能夠影響於他們的聯合與友好嗎？我們總記得甘地還有西洋女子做他的信徒呢！

因為一種習慣上小處的藐視，而長留著兩個民族的距離，這我覺得是有點因噎廢食的。

當中國學生輕視印度人的當兒，我深深地感到，茫茫的前途是白人的世界了，即使中國留學生早有迎合他們歐化的習慣，但假如他們以他們的成見來看輕我們時，我們的心中會感到些什麼？再回頭看過來，中國與印度的國際地位現在還差多少呢？中國的現在，實在無暇再看輕別人，應當注意看輕我們的人了！

一九三六，十一，十。巴黎。

民族性中的耐勞與耐苦

天下有幾個奇怪的民族，中國也是一個。在這偌大的土地的人民生活中，提著鳥籠，哼著京戲過一輩子的是一種，天天在茶館裡以龍井、瓜子過日子的是一種。在澡堂裡拿一份小報躺一天的，在飯館裡中飯時與朋友談天直連到夜飯時的，都是人生。整天整月撫摸著懶洋洋雌貓在爐邊，可以足不出戶的把冗長的冬天耗去；一把芭蕉扇一張榻椅一條短褲一雙拖鞋，除掉睡覺以外，可以在五尺半徑的圓圈裡度一個夏天。上午麻將，下午麻將，夜裡又是麻將可以整年整月把世界忘掉。這些都是生活。

他們對於苛捐雜稅不反對，只想在可能之中賴去一點；對於地方官移挪築他們門前道路的款項去娶姨太太，他們也不去抗議，只在貓邊，藤椅邊嘆幾聲人心不古。他們只要在最低最苦的生活中，捧一件可以忘掉世界的東西，悄悄地把日子耗過去。他們好像一生出來對於世界一切都已知道明瞭，因此對於什麼都不發生興趣，不感到鮮奇；要費點勞力可以享受的快樂，他們懶得動；要費點心機可以增進的幸福他們不願幹的。

自然在這廣大的人民中，有一天十二鐘頭的小工們，做那些最苦最髒的工作，夜裡睡在地板上，冬天熬著寒，夏天熬著蚊蟲與臭蟲的紛擾在過日子；也還有學徒們一天十六鐘頭的工作，沒有假期，沒有休息，一年到頭，在幽黑污濁的店堂過日子，夜裡睡在櫃台上，一次兩次為別人開門，有時候因別人打牌，他不能睡，第二天還是一樣的工作。這種日子也是中國人在過。但這在他們只算是他們苦命，環境要他們這樣的做人。他們看見的生活，是他們的生活，並不是他們的工作，他們只覺得這是生活的淒苦，而不是工作的鄭重的。

可是許多人許多地方，好意的因而就誇中國民族是最耐勞的民族，壞意的因而就鄙視中國民族是最賤的民族了。這實際上是完全不對的。假如說，勞是指動方面的，是指積極的從工作上受到的東西，那麼耐勞的精神中國人是遠不及白種人的。無緣無故家裡好好的日子不過，要到熱瘴的區域，流著汗，踏著泥污過著最低賤的生活去欺侮阿比西尼亞人，這種勞力我們中國是決不肯去耐的；並不為生活所迫，一個安安靜靜富富足足的大學教授要到天空上同溫層去試驗；一個社會上有權有勢的軍官，要到北冰洋去探險；一個安富無匹的皇帝要爬到阿爾帕斯山上去找死，……這種種，都是不為生活而去耐勞的行動。這行動，在中國俗話裡是認為不會享福的「賤骨頭」所做的事情，可是都是白種人在幹。自然，中國也有千千萬萬的兵士，天天內戰打自己的同胞，中國也有許多土匪強盜，冒生命的危險在犯罪，可是都是為生活，為生活。中國人民是最容易統轄的，只要給他們目前一點點生活，他們就不會反叛；但也是最不易治理的，因為他們不知道工作，只知道生活。他們所能耐的就是這生活上的苦，為生活而受的苦。他們能吃窩窩頭過日子，肯在地板上睡覺過日子；但是他們不願意多費氣力去多做生活範圍以外的勞作，也不願意多費精力去求需要以外的娛樂。因此中國人生活在許多地方都比西洋人肯將就。在下午兩點鐘可以到家的火車上，中國人很肯餓一回，要是西洋人，假如他日常生活是十二點吃飯的，即使吃不起飯車上的飯，也一定要帶乾糧按時送到肚中的。中國人出門不肯天天刮鬍髭，換衣裳，西洋普通人出街總要換衣裳，到辦公室再換工作的衣服，回到家裡又換家裡的衣服。星期日更不用說，老爺太太都穿得漂漂亮亮，有小孩子還要打扮小孩，即使在附近咖啡店坐坐也要這樣。於是兩個鐘頭以後，回到家裡又把這些東西都換下。這種在勞作上找許多麻煩，求生活上一點點安適。在中國，除了這些勞作上的麻煩有許多男女僕人負擔的太太小姐以外，一般中產以下的人家是決不幹的。中國人可以整年累月不旅行，不娛樂過日子，西洋人在可能範圍之中是絕對不放鬆那些星期六、星期日以及所有的假日的。像巴黎這些地方，夏天不過中國江南春天的氣候，但是普通家庭家家都有避暑的舉動。上海有錢的中國富家天天在電風扇下用冰淇淋培養著精神打牌，可是許多窮窘的白俄總要到青島去避暑。這是我當初不明白其中理由的事情，可是現在我想到這也是白種人不能耐苦，只能耐勞的一種表徵。西洋人無論在工作上多麼能夠耐勞，可是日常生活上不肯睡不軟的床，不肯吃不按時的飯餐，都是這個道理。所以如果我要在這點上分出兩種民族的不同，那麼我們可以說，白種人是耐勞的民族，而我們則是耐苦的民族。

我們看，中國大學一年有八、九個月讀書時間，在歐洲差不多都只有五個月；中國商店每天開十二個鐘頭，西洋大半一星期只有四十鐘頭；工人不用說，中國工人一天有十二小時的工作；就以運動而論，美國不算，歐洲各國大學對於大學生的運動，並沒有中國大學這樣的看重。可是我們各方面的效率與成績都不及他們，這是事實。

因為有這些事實，有人就因此倡說無色人種比有色人種優秀，有人就以為西洋人比中國人聰明，有人就覺得他們比中國人能幹。這些話，實際上是並不如相信者之可靠的。其真正的原因，恐怕還在耐勞與耐苦的不同。

因為中國民族只願在生活上安靜地耐苦，不願在工作上去勤勞，以致在民族精神中大家都把生活看作苦事，而勞作則反而被視作苦事中之一部。這在西洋人是不同的，西洋人是把生活看作快樂，而勞作是被當作換這份享樂的義務。這就形成了兩種極不同的人生觀。

生命是有限的，在這有限的生命中，生活則是無限的，有一天生命就需要一天生活，生活既然是苦的，所以整個的生命也變成灰色；勞作是生活的一部，所以勞作的苦也就是生活的苦，而生活的苦是無窮的，所以把他們整個的生活委之於勞作之中，他們沒有怨言，但同時他們把勞作也就看作了整個的生活。「做一天和尚撞一天鐘」，他們只是撞撞而已，一天一天的過去，等生命盡了為止。所以勞作在中國人，是做人，並不是做事，因此就馬馬虎虎過著日子。對於人生，徹底看破，只求混混而已，再不想改換，不想大變動，不想新鮮的刺激了。這就形成了耐苦的人生觀。可是耐勞的人生觀是不同的，他們把生活看作快樂，於是生命是光明的，勞作既然是生活的義務，所以對於勞作不會看輕，看作是自己的責任，勞作一完，就趕快去尋快樂。他們不願放棄一切可樂的事情，——即使這可樂的事情要費許多努力。有水的地方游泳、划船，有山的地方滑雪、爬山，有假期必須旅行，有比較涼快有趣的海邊，必須去避暑；於是做人也變成了一種責任，娛樂也成了責任，遊戲也是一種責任了。

這兩種人生觀，因耐苦與耐勞的不同，形成了消極與積極的不同，鬆懈與緊張的不同。前者的人生是還債式的，做一日人還一天債，可以賴則賴之；後者的人生則是借債，可以借則必借之。前者的人生是起頭就看穿了人生，覺得人生不過如是；後者的人生則以為人生是無窮的，走的地方無限廣，玩的事情無量富，做的工作也無窮多。因此在前者的眼光中覺得樣樣都是多餘，什麼都是一樣，於是就閒閒散散度日子；後者的眼光中，則覺得什麼都是新奇，什麼都是無窮，所以要匆匆忙忙地趕。

這種差別，使我們感到，我們大學生九個月一年的讀書，實際上是懶懶惰惰的，在讀書時間中他們並不認真讀書，但也並不認真遊玩。有時坐在圖書館中看太陽，但並不認真去曬太陽；有時候卻看書與朋友談異性，但又並不認真去追求異性。商店的職員們十二鐘頭一天，時時都是東顧西指，女職員對著鏡自己搽胭脂，對著顧客都若有若無；他們心中個個都忘了這是做事，只是做人。以工人論，據青島紗廠的事實，同比較接受西洋文明的日人比，中國紗廠工人效率，每人只能管八部車，日本工廠的中國工人能管十二部車。在日本，日本自己的工人，每人可管同樣的車從十六部到十八部，這其間差別何以這樣大？其中待遇的優劣自然有關係，但是兩種對人生不同的看法，是有很大的關係的。

在這兩種不同人生的本身中，我們分不出孰優孰劣，孰智孰愚的。可是如果往生命本質上想，我們會感到那種耐勞是一件幼稚的事情，把一切當作有趣，做一切事情都可以聚精會神下去，這在中國的兒童是常常表現著的，把幻的當做真的幹，把虛的當做實的做，把無常當作有常，把暫時的當作永久的。西洋的人生觀就是這樣的幼稚，他們天天不忘刮隔天就長的鬍髭，天天換進門就要換下的衣裳。在夏天，整天把整潔衣裳去滲汗；這些雖也關有錢有閒與無錢無閒的不同，但是想不想幹是一件事。中國有錢人在夏天常常是赤著膊，拖著拖鞋過日子，因為他們心中常有既然在出汗，穿衣裳作什麼的問題。這種問題中國人是最會問的；如已經是破衣裳，何必去洗？已經是舊衣裳了，何必去燙？如總是就吃光的，何必去裝碟子？如我已經三十歲了，還學他作什麼？女兒終是要出嫁，何必讓她讀書？諸如此類，如果問到，人終是吃飯，這邊那邊還不是一樣？洋奴、亡國奴、家奴還不是一樣？那麼國家，主張，思想都不必管了！如果再問到人終是要死的，何必要活呢？那連人都不必做了。這種常常有這些問題的民族，自然對於同我們兒童們一樣的那些痴呆的人生觀，認為是幼稚的。但是如果我們從生活的進行上看，這種活潑的積極的緊張的人生態度，則是現實的，不是空想將來，而是把握現在的。所以西洋人懶惰者是乾脆不做工的，不讀書者是索性徹底的玩的。絕不是像中國人一樣對著工作與書籍想別樣的事情。

其實耐苦的民族不只是中國，大部分有色人族都是這樣的，可是土耳其從這耐勞的精神中復興了，日本也從耐勞的努力上突進了。所以，中國如果要在這世界上與各國平等的話，民族性格的努力應當將耐苦改作耐勞，消極改為積極，悲觀改為樂觀才好。再不要怕勞作與努力，不要放棄自己的權利，也不要放棄自己的責任與義務。過去中國軍閥政府所以能夠這樣剝削國民，帝國主義可以這樣欺凌中國，實在是因為我們民族性太怕用勞作與努力以盡自己的責任以保護自己的權利，同時是太肯忍耐生活上無底的痛苦了。

有人說中國人民決不會有革命成功的日子，有人說中國的政府決不會有堅強的日子，我想假如這話是說中的，其原因也就在這只會耐苦而怕忍勞的民族性裡。

這民族性之所以這樣的與西洋不同，我覺得可以有兩種看法的：一種是說西洋的民族性是反映資本主義社會的，而中國則是反映封建的；一種是說西洋的民族尚在青年的時代，而中國則已經衰老了。假如我們覺得前說是對的，則我們在建設過程中，民族性的建設更是建設近代社會的要訣。假如說，我們認後說是對的，那麼，我們總該相信我們萬萬的正在抽芽的兒童是具有與西洋兒童一樣活潑積極的精神的。

我們的教育是負這個重大的責任，不要讓他們也很快的衰老了。其實，這兩者正是並存的原因，而我們正在劫難中的民族，要在與敵人決戰中把上面兩層都振發起來的。

外國人與狗

歐行船上有一個曲背的中年外國人，帶一隻小叭兒狗，寸步不離的，或拉在手裡，或抱在臂上，無論看書，吃飯，談話，終是捨不得這狗；看書不上兩行，就要去看看它，如果它把皮帶繞在藤椅的腳上了，他要替它解開，如果有什麼同船小孩在逗它玩，他就要把它抱起；與人談話時，則常分心在狗身上，有時話雖同你談，笑可對狗笑，有時則置於與其對談的人之中間桌上；吃飯更是一心兩用，一忽兒抱它，一忽兒叫它；看去實在討厭。我想別人也一定是討厭他的。可是出我意外，他藉著這狗，同所有同船的外國人，無論男的或是女的，很快地都交際熟了。有時別人看看他狗，他就對人一笑，這就有話說了，說他的狗是怎麼怎麼懂事，問你是不是愛他的狗。有時向別人一叫，他就笑著對你說，狗是在打你招呼了，於是說他狗的神奇，說能夠猜著你歲數。至於那些外國女子，平常也愛狗的，免不了摸摸它，或是踢踢它，他就因此更快的入港，問你是否也喜歡狗？接著他會講許多狗故事給你聽。

一個人有特別的喜歡原不稀奇，稀奇的是全船所有的外國人以及外國殖民地的人都喜歡他的狗，無論女的男的，及乎大部分是先與狗打招呼再同他打招呼的。只有我們中國人，沒有被這狗所引誘，與他談話的也並不是由他的狗為媒介，倒反是常常因他分心到狗身上去，而不再同他繼續談話。

他今年是四十五歲了，匈牙利人，沒有結婚，而且不想結婚。他說他隨時都在結婚的，何必要結婚呢？他說這狗是他的妻，也是他的孩子，也是他的一切；於是他眼睛又看他的狗了，而且有一股甜蜜的笑容。當他抬頭再打算與我談時，我已經同另外一個奧國人講話了，所以我只知道他這一點點。

前些年，上海的公園有「中國人與狗不能入內」的牌子，在這些白種的驕子心中，以為這是夠侮辱中國人了，其實這句話還是很費解的。仔細分析起來，那「中國人與狗不能入內」的對待句子，該是「外國人與狗可以入內」了，那麼在這意義上不過是為外國人帶狗的方便而已。

西洋的文化離不開狗，狗戲賣座比人厲害，電影中狗明星常充主角，而以人去配他；青年男女之結合，以狗為媒介的不知多少；外國美女子常帶大狗坐臥相伴，許多男子願為其狗者不知多少。《弗拉虛》（*Flush*）一書，就是以狗為主寫伊利沙白勃朗寧之戀愛私逃等事的。所以狗在西洋文化上是與人有不能分的聯繫。所以即使這塊「中國人與狗不能入內」的牌子，是「中國人不能入內，狗也不能入內」或更甚的是「狗不能入內，中國人也不能入內」的意義，則充其量也不過是中國人被你罵為「你是狗」而已。然而今天在這白色的船上，聽白種人親口同我說「狗是我的妻，我的子女，我的一切」的直認不諱的自招，我不禁對於上海的那群可憐的白種人，起一種追認的冷笑了。

在中國，西洋狗坐著汽車，住著洋房，吃著大菜，生活遠勝中國人，這是真的。但上海那班西洋人，以為由此就可以笑中國人還不如其狗了，這實在更是井蛙之見。他竟疏忽了在他的本國，有多少工人，尤其是失業工人，其生活也遠不如其狗，甚至也遠不如狗上的跳蚤的。用養尊處優的狗來偵探人的祕密，作一種殺人的工具，我們在西洋電影中常常看到過。在他們本國，現在為要怕飢餓的人們之反叛，也不惜用大量的牛肉、牛乳在養那樣一群狗來做殺人的事，所以狗不見得在中國是在中國人之上，在西洋也是常在西洋人之上的。

中國狗充作守門管田，與雞司晨相對，只是叫叫而已，充其量則不過當作警鐘，而西洋是當作藝術，當作利器，當作愛人、愛子的。西洋人有笑中國的婚事靠媒人，其實西洋有許多婚姻則是靠媒狗的。

中國的家庭制度，子女有養老之義務，至少也慰父母晚景的寂寞，然而西洋的家庭，子女一結婚，完全獨立，對於孤獨的鰥父或者寡母，極少有感情上的慰藉，居在家裡，萬事無份，也只是一塊多餘的物件而已。所以唯一的慰藉就是狗。在北京在上海我看見許多西洋老人老婦，把狗牽在手裡在街上走，抱在懷裡坐著馬車跑，都是把這寶貝的動物，當作長足了羽毛而遠飛的子女的。如今於這船上又見到了。

所以我對於這同船的匈牙利人，深深地感到他的愛狗不是偶然的。它是伴他長途旅行的愛人，慰他桑榆晚景的子女，是支持他隨便交際的社會關係的外交家。

西洋的文化如果想離開狗，西洋的青年將不會如此健康活潑，西洋這種殘缺的社會秩序早不能維持，西洋的老人再沒有慰藉了。

中國自西風東漸以來，與狗的關係也曾經密切過。照相館備有假叭兒狗，讓人一同去照相，馬路上也有人牽著狗走過，但是這只是一陣時髦。他們把狗從馬路帶回來就棄在一旁，不喜歡他進客廳，更無論臥室與眠床，從此被佣人手打腳踢，吃糟粕的東西。於是華貴的西洋狗也下賤起來，身上的毛齷齪了，態度也鬼鬼祟祟起來了，以至再不能抱在手上或牽在街上出風頭了。這樣主人們不喜歡，佣人也就更懈怠了，不是死去就是失蹤。所以這個風氣還沒有在洋奴流儕中普遍就已經消失。這不是別的，是中國人對狗並沒有真的感情，並沒有實在心靈上的需要。至於現在，富翁們養幾隻警犬，也只是同佣人及外國保鏢一樣，與感情毫無關係的。

所以，以「中國人與狗不能入內」的牌子，想侮辱消滅中國是不可能的。但是我怕，將來中國人也會與狗發生感情嗎？如果像這次歐行輪上的許多英國殖民地人一樣的愛這隻匈牙利人的狗時，怕那會是中國文化消滅的時候了。

一九三六，九，九。

威尼斯之月

中國流傳著的有一個罵留學生的故事，說是：有一個留學生回國後，常常說中國一切都不及外國。有一次，他父親在賞月，他在旁邊又說中國的月亮還沒有威尼斯好。他父親一氣，給了他一個耳光，問他：「中國的耳光也不及外國嗎？……」

故事講到這裡，大家都笑了。一直到現在似乎還沒有人把這個到底月兒哪裡好的問題精確地答覆過，或者大家以為這問題太簡單、太小，所以也就不再想下去了。

其實聽這個故事的人，或者也聽見過許多留學生說中國不及外國的，可是並不見得發笑。聽到這故事裡所謂「中國的月亮還沒有威尼斯好」，恐怕也不見得會發笑，發笑的地方則是在收尾的「中國的耳光難道也不及外國嗎？」一句上。所以說「中國的月亮不及威尼斯的」，或者不是一句輕易可以打他耳光的話，打耳光的原因，恐怕還在他「常常說外國好」之故。

可是也有人是聽到「中國的月亮是沒有威尼斯好」就笑了。他以為「千里共嬋娟」，天下的月亮原只有一個，絕對不應當把兩地的月亮來作比較的。其實這個想法是粗淺的，月亮固然只有一個，可是因為背景與環境的不同，好壞的分別是顯然的。一點用不著用威尼斯的月兒與中國比，也用不著把西湖的月兒同上海比，我們只要把上海曬台上的月兒同兆豐公園相比，或者把北平胡同裡的月兒同北海公園相比，我們就可以知道同一個月兒在不同的背景中，的確有好壞的不同。如果有人不能將胡同裡的月兒同北海公園的月兒分出好壞，或不能將曬台上的月兒與兆豐公園的月兒分出好壞，那麼他不是天文學家就是瘋子，我想不需要對他們再將這問題講下去的。

可是，光是這些條件，還不能說是兆豐公園、北海公園裡的月兒一定比曬台上或胡同裡好，因為這裡還有心境的不同。一個人親友死盡，窮途末路流落在北平，百無聊賴地在北海公園裡走，無論月兒多麼好，如果他回憶到前些年在一個小院落裡親友聚飲時頭上的月兒，他會覺得北海公園的月兒是遠不及狹窄的小院落了。如果一個失戀的青年在兆豐公園裡散步，他一定也會覺得兆豐公園的月兒遠不及去年與他愛人在曬台上談情時為好的。

天下的事情都有主觀。時間原一樣快，可是趕火車時刻時我們會感到時間過得太快，在車站等火車時我們又會覺得時間過得太慢的；在同一距離間走路，有興趣我們會覺得近，無興趣我們會覺得遠。所以對於同一個月亮可以下這許多不同的判斷，這是一件很合理的事情。因此對於威尼斯的月兒如何，問故事中這個「常常說外國好」的留學生不可靠，問任何人都是不可靠的。可是我們平心靜氣把這主觀的感情暫時撇開，純粹立在美的鑒賞上講，我們到底也可以有一個比較客觀的見解的，固然不能如我們對於空間與時間的距離的理解一樣，因為這不是這樣計算上的事情了。

威尼斯的月兒之好處第一是因為威尼斯是水城，到處是水，河道就是街道。可是以水而論，中國有水的地方正多，固然不是水城，所以船在西湖水上走，與在威尼斯水上走，在水方面對月兒是看不到什麼不同的。第二個好處是因為威尼斯的建築。威尼斯有許多有名的建築，這些建築有些都是羅馬建築的代表，屋頂有許多雕塑的裝飾，月兒升起落下，都有個陪襯。第三是他們到處有銅像與石像，這些銅像與石像是義大利專長的東西，高矗天際，好像是月兒的守衛。第四是這些偉大的建築以及銅像與石像隨處都映在水裡，與月兒在水中作伴……有這些特殊的環境，威尼斯的月兒能夠被大家記住，這不是偶然的。

要說到中國，這樣大的地方，也很難舉出一個代表的地方來。不過以建築論，中國的建築也是歐洲所沒有的，我們雖然及不了他們偉大與富麗，但像頤和園、北海這種建築，我想也許是比他們堂皇與大方。像三潭印月、平湖秋月這種構造也許是比他們佳秀而幽美的。

月兒處在堂皇大方，或清秀幽美的背景中，與處在富麗偉大的背景中，其所呈露的完全是兩種美，正如一個美女的濃妝與淡抹，打扮得華麗或打扮得高貴，穿西裝或者穿中裝，我們是很難把二者死板地來比較，只可以說一點，這美女個性的相宜與我們旁觀者的愛好。

我在海洋中看了很久的月兒，我覺得那才是她的本身，同在別處比起來，她好像是裸體的原像了。

以這裸體的原像來看，她有海天的背景，雲彩的點綴，在她已經是夠美了。可是現在我們一定要給她兩種打扮，一種是中國的，一種是威尼斯的。那一種合式，那似乎要看哪一種不太掩去她自然的美點才對。

以藝術而論，我覺得中國藝術是以藝術遷就自然，而西洋藝術是以自然遷就藝術的。中國藝術常常幫助人去了解自然，我們看山水畫更知道山水的清幽或奇偉，看畫竹，更知道竹的風姿或動態，看畫紫藤更覺得紫藤的纏綿或活力；這種清幽或奇偉，風姿或動態，纏綿或活力都因畫家的作風而異，可是其所表現自然的個性則是一樣的，固然這個性有方向的不同。可是西洋畫則終是把自然曲解了用到藝術中來，借自然來表現藝術，叫人從自然了解藝術，這一種趨勢在近代印象派、立體派等尤其表現得明顯：就是中世紀的畫，如教堂的玻璃窗上那些裝飾氣味，都是曲解了自然來收它藝術的效果的。

中國建築，最講究風水，風水這東西以後流於迷信，其實起源怕還是出於與自然的關係。現在科學上有一種放射線的發現，以為宇宙有許多放射線，多觸到這放射線的可以死，可以毀壞，可以委頓。中國的風水似乎也近乎避免這種放射線的一種直覺的觀察，可是這種與科學暗合的直覺的東西，正如中國醫藥一樣，是另一方面的關係。但是其與自然的關係，我想此外還要一種是屬於美的。西洋的建築只講究建築本身的美，花草在建築中也只是布置的附屬品。中國人則隨時要關念到自然，要享受一點自然的情趣。在中國的詩詞中有說不盡的關於月兒與紗窗與簾櫳的吟誦。為了菊，為了竹，不打瓦牆而打籬笆，為了一些樹，一些花，一堆土山，不築磚亭而架茅亭；這些都是以建築遷就自然的地方。像西洋公園裡，把大樹種得像軍隊的檢閱，把小樹剪成駝背的拉屎，這種不成情理的歪曲自然，在中國是絕對沒有的。中國也有把梅花做成古拙的盆裝，但目的是求其曲折，求其與野地生長的古梅一樣，不是求其與幾何形相一致的。記得陸放翁有一句「留得殘荷聽雨聲」詩，這種詩情是西洋詩中尋不出的；可是在中國，是很易尋到，我現在手頭無書，不能一一列舉，但中國詩人為要鑒賞自然的聲色的企圖，在這句詩裡已是充分表現到了。

所以月兒在威尼斯，在懂得中國月兒的人們看來，只感到這些有名的雕塑之銅像石像，好像是故意派到天空逼這位自然天真的姑娘，下來到她們驚人的聖馬可教堂裡來同一位王子或者鐵腕公爵結婚般的。這只是使人看到它熱鬧與擁擠，而忘卻了她本身的美麗了。正如在上海看「大出喪」，我們看見了它的闊綽與熱鬧，而真正死者的可哀則反而使我們忘卻一樣。但是在不懂這月兒的個性的人們，把這熱鬧與擁擠同作她的美來頌揚時，我們是沒有什麼話可以對他說的。

因為中國物質方面落後，留學生到外國來的，五花八門一看，弄得莫名其妙的，也不止稱讚威尼斯月兒一件事，也不止稱讚威尼斯月兒一個人。

實在說，威尼斯的月兒好於中國，圓於中國，都還不是可笑的代表。可笑的故事應當是這樣說的：一個留學生的父親要賞月了，留學生問：「難道中國也有月亮嗎？」於是做父親的給他一個耳光：「知道嗎？兒子，我想你還不知道中國也有耳光的。」但是這故事還是一點沒有過分。我聽到一個學化學的同學告訴我，說有中國學生居然問他：「中國也有大學嗎？」「中國也有化學系嗎？」「中國也有中國人教化學嗎？」……一類的問句。有一個學社會科學的人，居然說：「中國大學讀的書都沒有用，這裡是讀一本就可以用一本的。」這些不是中學就出來的孩子，就是最野雞大學出來的學生。自然這裡面有不少的例外，但是像這樣的人實在太多了。

大學生如果只求畢業與文憑，在外國，許多學校與中國二、三流的大學都是一樣，也只是讀一點講義或一本書而已。外國比中國好的地方是關於專題的研究時，可以有專門的教授與書籍給你幫助。那些為讀一個畢業或學位，看一、二本普通功課上的書，就以為中國辦不到看不到的天書，那是一件極笑話的事情。把這些笑話讓我們聽到，也不過一笑，可以在異國別人聽來，他們真以為中國是與非洲腹地一般的地方了。所以自從我聽到這些中國學生對於本國的侮蔑，我對於許多西洋人對於中國的誤解，就有了最寬惠的原諒。

西洋比中國進步的地方，我並不是不承認。但這只是「進步」與「落後」的分別，只要中國努力，隨時都可以趕上；絕不是注定的好壞，更不是西洋人種比中國人種有高低優劣之分。同時，我們還應當知道文明的進步是多方面的，並不因為某處比我們好，就處處比我們高，人人比我們強了。

記得有一次，一個言語學校教員談到禮貌，座中有中日英美的同學，問到一位中國同學，他居然羞說中國舊式女子的行禮，這引起了我非常的難過。

中國男子的拱手與西洋的握手，中國女子過去的屈腰、打揖與西洋過去的屈身，雖然姿勢不同，但其意義與作用，完全一樣。西洋的握手來源，始於古時武器時代，男子去了手套，把手交給對方，表示我不是來殺你的意思，中國的拱手我想也是一樣，所以把手拱在一起以示對方；或者是由兩手執進見之珮玉蛻化而來，是一種敬意。至於女子，二者更是一樣的表示我聽你喚使之意而已。在這毫無分別的禮貌中，難道因為西洋的飛機比中國多一點，因而握手就可以比拱手為文明嗎？

在前幾年的報上，記得有一個新聞，說到教皇登位，來握手慶賀者太多，一天中傷了兩隻手，規定第二天起以吻衣袂為代替。我當時看了，深感到拱手的優點。其他疾病細菌的傳染更不用說了。在巴黎，一進飯館就要握十來隻手，有的正吃著排肉，一手是油，有的工作方罷，汗膩滿手。你坐下剛在吃麵包，廁所裡出來朋友，拚命同你拉，等你喝了湯，剛剛恢復了一點體溫，外面來了朋友，伸一隻冰手又叫你握，真令人不堪設想。其他馬路上相遇，脫手套握手，因而遺失手套，或者你手上拿著書籍，更有些狼狽不堪。所以以利害論，西洋握手也不及中國拱手，難道西洋多一點煙囪，我們就覺得拱手是比握手野蠻嗎？

這不過是一個小例，其實像這樣的事情正多。中國孩子們看見西洋的建設，就羞提起中國五、六千年來的文化；看了一本四、五流的戀愛小說，就羞提起中國歷史上的名著，看見西洋有鬍髭的，拿著畫筆的，捧著提琴的人就以為都是科學家、藝術家，這到底是什麼樣的心理？

中國現在需要物質建設，不斷地派留學生到外國學技術來，可是有的只學會跳舞，回國以後以跳舞結交貴人，做起工程師來。有的學了一身本領，到中國看看，辦事不能順手，覺得需要拍馬屁比需要技術為多，心灰意懶，去坐冷板凳，去教中學數學了。有的回到中國，看看這樣討厭，那樣不合適，工廠太小，月亮太不圓，一身本領，又不願施展起來。這些都是事實。我覺中國第一要政治上軌道，少幾個技術人員，請幾個外國真正好的，不是什麼恥事。俄國五年計畫進行時，第一批技術人員都是德國人，這是史實。中國現在也用外國的技術人員，但又不是第一流的，中國人中比他們好的不少，但現在還要屈居在他們的下面，這也是事實。據我所知，中國事情一到中國人手裡，就需要拍馬的周旋，否則經費與材料隨時可以領不到，使你工程上事情耽誤得費時而費錢起來。一到外國人手中，中國機關都唯命是聽，所以他們容易辦事，這也是事實。有一個留學生在巴黎研究中國藝術史，初聽到我們當會奇怪，中國藝術史難道也會在巴黎嗎？可是據他告訴我說，外國人搜集材料遠比中國多而整齊，這因為外國人在中國，比中國人在中國搜集方便得多。他們隨便什麼人請領事館寫封介紹信都可以在中國人難到的地方照相。中國不給研究藝術史的中國人方便，而給做買賣的外國人方便，結果還要讓中國學生用許多錢到外國來學習中國東西。這難道也是合理的嗎？

我覺得這些情形，都是前後那群幼稚可憐的留學生之故。那群前期留學生，現在已抱著羞視中國，妄信外國的心理在做官了，已使中國社會陷於上述畸形的狀態中，而現在中國還在製造這樣的留學生。記得前些年有一件事情，是褚民誼先生帶法國軍人到西北去，他們野蠻低能的軍官，侮辱中國同去的很有成績的大學生，因而起了衝突。這就因為褚先生把他們低能的軍官看作高於中國大學生的學者之故。這樣的例子用不著一一列舉，到現在，我們還是隨處可以觀察到與感到的。

去年國內有些學者有一個討論，到底中國完全接受西洋文化呢，還是建設中國本位文化，這個討論沒有什麼大結果。實在說，許多人，許多讀者對於所討論的具體的文化概念還沒有弄明白。到底所說的西洋文化是指哲學的大樹，文藝上的花朵，還是指高跟鞋與物質的建設呢？所說的中國文化本位又是些什麼？是倫理，是藝術，還是一般的習慣？如果所指的是一般的文化，那說到底，不過是經濟組織的產物，當時就有一位加入討論的作者提到這個問題，說文化原是整個的，物質的建設同時也帶來了跳舞與高跟鞋。那麼何不把問題弄成簡單一點，說是把中國資本主義社會化好了。所謂中國本位文化論者以為中國完全同西洋一樣的發展，國家本有的中心因而會沒有，其實這是過慮的。胡適之先生說到民族有民族的惰性，當全盤西洋文化來的時候，他自然而然會化為特有形態。這句話的確是解決了中國文化論者的憂慮。日本的維新就是一個借鏡，在他們完全歐化以後，日本的本位還是存在的。可是另外的問題是中國要資本主義化，還是要社會主義化呢？我們也早就有人想到。但是這些都不是目前的問題，現在大概大家都覺悟了，無論要中國怎樣化怎樣的建設，第一是必須脫離帝國主義的羈絆，必須要從目前的貓爪之下脫離出來，方才能談到別的。我看見過貓玩耗子。耗子不動了，貓注視著，只要微微一動，貓的爪子就按住你的頭部與咽喉，這是中國目前的情形。在這貓爪下的耗子，我們實在用不著想那偷油去好還是偷米去好的問題的。所以那些主張偷米與主張偷油的人，請先不要為這以後的問題而內鬨，因而忘忽了頭上的貓爪。

但是話要說回來了，在這些文化本位論者，完全歐化論者，社會主義化論者外，還有一種人，他們似乎是全盤歐化論者，而實際上自己以為是外國人、東洋人而看輕中國人的。他們是主張在貓爪之下做臣奴與玩物的人們。他們或者以為貓對於耗子只是玩玩而不是想吃，雖然是苟延殘喘，而終可以在他們主子下生存的。這種人他們怕刀槍與血色。他們也怕逃避，以為逃避有遭殺戮之危。他們願意中國做殖民地，以為在別人的治下，對於他的本領，他的所學，可以有充分發展的機會。以為在別人治下，醫院一定發達，他因而可以做醫院院長（假如他是醫生）。以為在別人治下，工業一定發達，他可以做廠長（假如他是工程師）。以為在經濟與別人合作後，國家資本一定復興，他可以做銀行行長（假如他是經濟研究者）。這般人是求中國殖民地的安逸的，是把中國現在貓抓耗子的情形，看作富翁娶姨太太的玩意。為求安逸而做姨太太，已夠低能，可是事實上只做了玩厭了被殺戮的耗子，這就是這群人。這群人來源，其意識之雛形，正是不懂中國的一切而羞視中國的一切，不懂外國的一切而妄崇拜外國的一切的人。日子一多，他們覺得說中國話也是一件恥事，寫中國字也是一件恥事，忘其所以，以為自己也是外國人了。對鏡一看，每恨其髮不黃而眼不藍也。

中國有三、四流文人們把西洋第三、四流作品，妄比杜甫與李白。中國有低能的自名為藝術家的人們，把國外的蠟人館之類，作為藝術傑作來頌揚。把美國大學裡一本教科書作為政治的法寶，歐洲一塊碎試管作為化學的頂峰。到中國後，樣樣以外國欺騙中國的讀者與青年，這同故事中的留學生沒有什麼不同，都是懷疑中國的天空也有月亮的人。這都是願把中國作為貓的、姨太太的意識雛形。而這類人，中國實在太多了，在位者有之，在野者有之，在國外者還源源不絕而有之。

難道，這悽艷的頤和園的月兒，真要異國的詩人與藝術家來了解嗎？

一九三六，十二，一。

歐行漫感

時代的演變

傍晚搭ＢＯＡ來倫敦，到達時為第二天早晨。第一個經驗就是你過了一個特別長的夜晚，這是空間與時間在人類經驗中所發生的一個課題。這個課題是科學家、哲學家與詩人常常觸及的。既然時間的變化影響空間，空間的變化影響時間，那麼兩者似應該視為一體，這也就有所謂時間為第四度空間的說法。但人在空間中的變化，可以還原，時間的變化則不能還原。走過的地方可以走回去，已逝的歷史不能再現。有人曾經想像已逝的歷史可能是在一個人類不能經驗的地方中存在著，那也就有鬼神為第四度空間的動物的設想。我曾經寫了一篇以這個為課題的小說，是假定時間經驗的某種顛倒，必然的就有鬼神的經驗了。

倫敦是我舊遊之地，但已經是三十多年前的事。久別的倫敦雖然經過了歲月的折磨，在第二次世界大戰中歷盡被轟炸的苦難，它依然是存在，依然是可以被我重新體驗，因為這是空間的暌隔。但今日的倫敦自非過去的倫敦了，其中最大的變化是人。多數的人，那些三十歲以下的人當年是不存在的，四十的人當年還是小孩子，而昔日的壯年都已經老了。可是百年的大樹，百年的房屋——雖然或者經過了修養——則還是存在，而有許多我還是認識的。這些老房子已經住了新人，那些大樹下也行走著新人。正如唐寧街十號也早換了新首相一樣，這也正是新的一代接替舊的一代，這也正是歷史與文化的傳遞。而就在這傳遞與交替之中，新的一代就一定有所「修正」。而這些修正，往往就是兩代間的溝隔，許多新一代的意識形態、道德與是非感，甚至是生活方式、服裝以及一舉一動，往往是舊一代所無法容忍的。像我表面的從倫敦公園裡、街上、地道車站中所見到的年輕人男女情愛的表現而言，我就有一種看不慣的感覺。這也許是空間的睽隔，兩地地區風俗人情的不同；但三十幾年前所見並不如此，可見也正是時間的演變。那麼也正是反映我是老一代人的看法了。仔細一想，覺得當避孕的藥物進步到現在的階段，年輕人性愛的放縱與坦白，也許正是他們的特權。那些上一代對他們的看不慣，在他們看來，或許正是長輩們自己年輕時沒有享受到而起的一種變態的妒恨。事實上，年輕人對於性愛生活提早的認識與體驗，對於普通家庭的生活形態自會起了很大的變化，這正如五四運動後中國舊家庭因自由戀愛的提倡而起變化一樣。

這種社會變化也許是自然的，這裡很難斷定好壞，也無法妄評是非，只是那是我們必須接受的事實，因為這究竟也是時間的演變。

列寧格勒的詩

蘇聯詩人葉夫托欽科（Yevgeny Yevtushenko）來香港的時候，他對我說，蘇聯是一個詩的國家，連皮鞋匠在工作時都背誦著英國吉布林的詩。所以我到蘇聯，很注意這件事。可是我在那邊所見到的，自然是為時甚短，也只看到了列寧格勒——卻沒有一點詩的感覺。列寧格勒給我的印象是屬於戲劇的，不是屬於詩的。且不要說皮鞋匠背詩沒有聽到，就是蘇聯的嚮導員對遊客提到的也沒有一個詩人，提到的是彼得大帝，是列寧，是斯大林。沿著納佛河（Neva）有不少的銅像與石刻，也都是英雄的史跡，而沒有詩或詩人的遺跡。

列寧格勒是蘇聯第二大城，但它似乎更富於傳說。它的前名是聖彼得斯堡（St. Petersburg）。我很小的時候，就在十九世紀俄國小說裡看到這個名字，引起我遐想的似乎也不是詩意。聖彼得斯堡所以改名為列寧格勒，就因為它與列寧的革命事業，有很深的關係。一九一五年，沙皇壓殺群眾的示威請願，就在列寧格勒的冬宮前面；一九一七年，列寧領導俄國的十月革命也是由列寧格勒發動的。第二次世界大戰時，德國軍隊於一九四一年占領了列寧格勒近郊，包括了富麗堂皇的夏宮，進攻列寧格勒，志在必破該城。據蘇聯說，德國攻軍六倍於蘇聯守軍，但是守軍堅守不屈，德軍只好停止以步隊進攻，採取包圍戰術，意在使其彈盡糧絕，以致屈服投降。如此圍攻了九百天，在這緊圍的期中，飛機投彈有十萬餘枚，發炮有二十五萬餘發。列寧格勒當時燈泡全毀，也沒有水的供給，交通完全停頓，糧食缺乏，全城人民，定量分配每天每人一百二十五公克的麵包，而麵包裡只有五分之一是麵粉，其餘都是雜物。在九百天中，因飢餓寒凍而死亡者達一百多萬人，但是居民抵抗之意志迄未衰退。他們在拉都茄（Ladoga）結冰的湖上建立了一條生命之路，從那裡獲得糧食、衣著、軍火的接濟，並由此撤退老弱疾病的婦孺五十萬四千人。現在在那裡有一個紀念性的建築物，象徵這條包圍環上的缺口。希特勒的圍攻期中，已認為勝利在望，慶祝大會亦已布置在案，並且印好請帖，擬邀請功臣大將，參加此一盛會。而列寧格勒終於未被希特勒「解放」。此項請柬，後來落入蘇聯軍隊手中，現存於博物館中。這一個史實，是蘇聯最光榮的史跡，因此他們要稱列寧格勒為英雄之城。自然也有人寫過保衛列寧格勒的詩，但並不出色，也有音樂家寫成一個交響樂，現在好像也不常有人演奏。困城因戰役而寫詩、寫畫的歷代都有，往往詩人、畫家、音樂家可因城而成名。

列寧格勒有偉大的Hermitage，是世界上收藏最豐富的藝術之宮。列寧格勒有樹木蔥蘢的公園，列寧格勒有縱橫交錯的納佛河。但不知怎麼，我感覺不到有所謂傳統的詩意。在Hermitage的博物館中，成隊的參觀隊伍，都有一個嚮導。講英語的、講法語的、講德語的以及講芬蘭語的，她們都像領一群鴨子渡河一樣，在人堆裡、在隊列中擠進去，擠出來。公園與勝跡中也是一隊一隊的隊伍，從旅遊車中上上落落。我沒有看見一個單獨的人，悠閒地坐在草地上閱讀，對著風景寫生或者同一個情人漫步。

有一天傍晚，天下著雨，我同一個奧國青年一同從旅店出去散步，我們順著納佛河走。雨落落停停，時大時小。煙雨中，樹林建築都呈現一種靜默的美。街上偶爾有汽車駛過，幾乎沒有一個閒人。順著納佛河，有不少碼頭，我想那裡總有遊覽船可以讓人坐在裡面遊覽一回，像倫敦的泰晤士河一樣。但是走了四、五個碼頭，似乎都沒這個跡象。後來看了一個碼頭，上面有賣票的木屋，窗外也掛著價目表，但是外面竟然沒有一個等候的搭客，屋內也沒有賣票的人。

順著河岸，許多碼頭上都有銅像、石刻的點綴，但好像沒有一個是詩人或者是畫家的銅像。後來遠遠的我看到一對石獅子，我馬上意識到這應該是中國的。走近去一看，果然是中國的。每隻石獅的石基周圍都有「光緒三十二年穀旦」的字樣。石獅並不是最好的，也不大，不過放在高高洋灰的座墊上，倒也很相稱。不知道這是什麼時候從中國搬來的，我想這決不是中國送給他們的，因為，如果是中國贈送的，那一定會送一對更好更像樣的。

雨越下越大，我只好到一個牆邊去躲雨。這時候，我看到二十碼外牆腳邊也有兩個人在躲雨，一男一女，男的一直在想吻女的，女的半推半就。我看他們頭髮衣著都溼了。這也許正是值得羨慕的詩的年齡，值得歌頌的詩的背景吧，如果不是雨，他們也許也不會在此逗留的。

夜裡醒來，再也睡不著，到窗口遠望。嵌鑲美麗建築物輪廓的天空是陰暗的；納佛河靜靜流著，閃著不安定的反光；四周疏落的街燈，照著油滑的街道；遠遠好像有電車聲傳來，更顯得周圍的寧靜。而我竟有一種面對黃浦江上海夜景的感覺。我想，我應該抒寫一點那時候的感覺吧，雖然不一定是詩。

閃耀在納佛河的黯淡的流光，像我的心跳躍。那陌生的河中，竟有我舊識的水流。它在甬江裡如此，它在長江裡如此，它在揚子江裡如此。它入海，載著我的倒影，慢慢的遠去，慢慢的老去，慢慢的淡去……

在列寧格勒照相

在旅行中，最麻煩也可說最有趣的經驗是護照的簽證。從巴黎到赫爾辛基，如果你直接到航空公司買機票，一定不會牽涉到「簽證」。但是我的一個朋友特別熱心與小心，事先為我打了一個電話給芬蘭領事館。那領事說這是需要簽證的，於是那個朋友駕了車子陪我去辦簽證的手續。

芬蘭領事館在一個大廈裡，大概只有十二尺乘十二尺大的一個房間。外面走廊上放著一個圓桌，幾張沙發，算是客室了。房間裡只有兩張桌子，坐著一個總領事，一個領事。很客氣地招呼我，給我表格，要三張照相，付了十幾個法郎，說是裡面包括電報費。隔了兩天，叫我去取。因為這個簽證是說明一次的入境，所以我到了列寧格勒，要回到芬蘭，還要去列寧格勒芬蘭領事館去簽證，這真是一個庸人自擾的事情，雖然這在法理上是必須的手續。

到列寧格勒旅行，帶隊的是一名叫作安妮卡本納的小姐，是一個很健康有棕色皮膚具有非常性感的女性，說英語帶著一種很嬌媚的口音。我初以為她是蘇聯人，後來才知道她是芬蘭小姐。她在到列寧格勒時說，等我們安頓旅舍後，吃了中飯，她陪我去芬蘭領事館。我們所在的酒店就叫列寧格勒酒店，另外還有幾個旅遊團似乎也都安頓在那裡。有一個完全是美國人，好像就叫美國什麼團體。酒店的建築布置可稱是合乎一般觀光酒店的水準。但有兩件事很令我不解，第一是電梯非常敝舊，一大排大概是八個電梯，沒有一個不是軋軋作聲，而且時時開不動。每個電梯裡都有一個電話，開不動時，開電梯的就打電話查問。我想如果電梯停頓在半中間不上不下的時候，電話應該是很有用的。但我還沒有這個經驗，幾次開不動都是在底層，電梯司機就叫我們搭另外一輛就解決了。第二是餐室的布置，餐廳有好幾個，我們吃飯是在頂樓。一排法國式落地大玻璃窗，面對納佛（Neva）河，再漂亮沒有了。但是，如果合於華貴的布置，窗簾是不可少的，講究的應該有兩層，不講究也應該有一層吧，但是它竟是光露露的，看著很不舒服。說到飯菜，尚稱足以果腹。俄國羅宋大菜，原是有名的。但那裡所吃的，使我回想到三十多年前在上海霞飛路所吃的，大概合於六角小洋一客的水準吧。

我沒有吃完飯。安妮卡本納小姐就催我一起去芬蘭領事館，說是去了以後，我可趕到聖伊撒克教堂（Saint Isaac's Cathedral）參加團體的旅程。我們到了街上，卡本納小姐急於找一輛街車。但我們終於找到了一輛，到了芬蘭領事館，因為恐怕車子不容易找到，所以就叫司機在門口等我們。那是一所很漂亮的大廈，芬蘭領事館雖也只占一間房子，不過比巴黎的講究許多。領事是一個老頭子，他給我表格，要我付錢，但他不收芬蘭馬克。我沒有蘇聯貨幣，由卡本納小姐代我付了。最後他要我三張照相。我沒有照相，我說我不是已有照相存在貴國了麼。他說，這是手續。卡本納小姐於是說，她帶我去照給他就是了。

照相在大都市本不是難事，普通在火車站在市集裡，在郵政局常有自動攝影機，塞幾個硬幣幾分鐘就可以有了。可是卡本納似乎知道列寧格勒的情形，她說還是叫街車司機帶去好了。街車原是等在門口，上了車後，卡本納叫司機開了照相館去。我不懂俄語，很擔心他會誤會我們倆要照什麼紀念照。所以我用英文說明要護照照相。卡本納小姐大概把我的意思翻譯一遍，司機想了一想，就開到了一家很奇怪我想不到的地方。那是一所灰暗的大廈。就在進門的樓梯下，粗陋的門板上用白堊寫著幾行俄文，大概有十幾個人在那裡排隊等候。我不懂俄文，還以為這是另一件事情。照相館或者是在樓上吧，當時我心裡很急要趕時間，我匆匆往樓上跑。跑了一半，發覺上面黑黝黝的，非常骯髒，有一種奇怪難聞的氣味。這景象，不知怎麼，突然我聯想到一部我以前看過的美國影片裡為人私行打胎的一個樓面，看上去上面不像有照相館。這時候，卡本納小姐在下面已經打聽清楚，說照相館就在下面。原來照相室就是在那樓梯底下。照相師出去吃飯，要兩點鐘才開門。這時候已經快到時間，我們只好排在長龍後面。我正問卡本納，能否叫司機開到另一個地方去，而那個照相師已經回來了。他打開樓梯下的一扇板門，裡面黑漆漆的。他開亮一盞小燈，一條長板凳上放著許多身分證用的小照片。這時候我才知道那長長排隊的人都是來取照片的。只有一個人要照相，他照了就輪到我。我進去，他就叫我坐在門口的凳上，於是照相師開亮了裝在照相機上面三盞電燈，房內頓時雪亮。我看到那架照相機至少是我十幾歲時代的物品，我真怕照不出來，要回來重照。照相師要我們一小時後去取。照了相，也是卡本納小姐代我墊付的。

第二天，卡本納小姐為我辦了簽證回來，我問她一共要還她多少錢。她說，我給她二十個芬蘭馬克好了。計算起來，這實在是不貴，我想她或者沒有計算她後來為我去取相片同去領事館簽證的車費吧。

有趣的是這個簽證，在我回芬蘭時，移民局官員連看都沒有看。入境的圖章打在我第一次入境的地方。我很感謝卡本納小姐。我現在後悔的是我竟不曾問她要一張她的照片。

從芬京到瑞京

芬蘭與瑞典是關係很密切的鄰國。在芬蘭，十分之一的人是說瑞典話的。現在中學裡學生就要學芬蘭與瑞典兩國語文。芬蘭的北部與瑞典的北部本是連接的，可以有陸路的交通。但是芬京與瑞京都在南部，一般的來往除了飛機外可以搭船。這船從芬京赫爾辛基在下午五時半開，穿過波爾的海，第二天一早就可到瑞京斯篤荷姆。我買的是去巴黎的聯運票，所以到瑞京，是我的第一站。

這船既然是五時半開，旅行社就囑我在五點前到碼頭。我到碼頭時才四點五分，我想我有足夠的時間可以在碼頭附近盤桓，但到問訊處一打聽，說就是從旁邊第一個入口進去的，我一看，已經排了長龍。我怕他弄錯了，我問他：船不是五點半才開麼？他說，是的。我再問：就是那個入口？他又說：是的。我於是就提著行李排在龍尾。恰巧站在前面的是一位我認識的荷蘭人。他也是I. F. L.的會員，我們就招呼起來。這時有兩位荷蘭太太來對他送行，她們站在我們一起說了一會話。後來有人告訴我們入口的閘門要到四點半才開，那位荷蘭人就離開隊列，招呼那兩位送行的太太到後面座位上去談話了。我則仍舊排在那裡。到四點半，閘口開了，驗了票，人闖進去，亂糟糟地向船上跑。

上了船，我才知道人們為什麼那麼緊張，原來那些票子並不對號入座。在一間大廳裡，排列著公共汽車裡一般的座位，搶到一個就可以坐下去。我總算坐到一個較好的座位，這時候那個荷蘭人提著行李擠進來。我想有一個熟人坐在一起也好，就招呼他坐在我的旁邊。我後來知道找不到座位的人，都坐在走廊與過路旁邊。足見粥少僧多，秩序終是很難好的。而船票所以不對號入座，也許就是為可以多賣些票子吧。這船，除了散座以外，也有房艙。房艙有窗，自然是對號入艙，不會這樣擁擠的。我沒有買房艙票雖是為省錢，但也因為我同陌生人睡在一個小艙裡，也要失眠，覺得沒有這個必要。當時許多人都擠進來，坐在我後面的是一個約五十歲的太太帶了兩個孫子般的孩子，一男一女。坐在荷蘭人那一邊的是一個五十幾歲的男人。他們都很安詳地看後上來紛紛紜紜的客人與行李。這時有三個生氣勃勃的青年提著行李，吵吵鬧鬧地上來，占據隔鄰的幾個座位。他們好像很不耐煩似的，把腳擱在前座椅背上，高聲地談話。

船於五時半啟行了，人們也開始坐定。那位荷蘭人站起來，他說找餐廳吃飯，去了好一會才回來。他回來後，我也到餐廳去。餐廳很遠，人又擠，東西很不便宜。我看等座位的人很多，吃了飯就回到自己的艙位來。後來這個荷蘭人又出去了，我想他大概是到甲板上去散步吧，到很晚才回來。這時候，那三個青年仍是很熱鬧地在大聲談話，他們講的是芬蘭話，我一句也不懂。接著他們都出去了，我想也許是到餐室去吧，但是很快就回來，帶了兩個女孩子，好像是一對姐妹。他們很快地就一個拉一個的坐在旁邊，很親熱地撫摸擁吻起來，還有一個青年站著，繼續同他們大聲笑談。慢慢地坐在我們旁的那位五十幾歲的男人同坐在我後面的太太也加入哄笑起來。最後，他們一同歡鬧著擁抱著在餐廳裡喝酒。回來後，那位五十幾歲的男子送坐在我後面的那位太太到她的座位上，自己則到甲板上，就在我們的窗口外。那時候，外面下著雨，他大概有點醉了，一面淋雨，一面跳舞，引得後座的兩個孩子不斷地哄笑。那三個青年裡，有兩個就各擁一個女的坐在椅子，互相依偎著，擁吻著，另外一個青年則不知去向。也許也找到了別的座位或別的女孩子了吧，我想。

慢慢地，艙裡靜下來，燈也暗了。我忽然想到這輪船倒有點像寧波到上海的輪船，時間的安排也是一樣，亂糟糟情形也是一樣。不過寧波輪船有茶房招待服務，這裡則什麼都沒有。夜裡沒水喝，要茶水，就需要到餐室去。我也不知道餐室是否通宵都開，後來我發現有幾個孩子在一架自動機器裡買水喝，我也就走過去看，看到有可口可樂檸檬水幾種。艙內黑黝黝的，我看不出應該放什麼錢。這時候恰巧有一個蓄著鬍子的日本青年也在買水，我就請教他。買了水，一面喝水一面就同他交談起來，原來他是從橫濱旅行社直接買聯運票到芬蘭的。票價是日幣十一萬二千元，包括輪船、火車、飛機的轉換。合算一下，合美金約四百五十元，那可說真是便宜了。

第二天一早，人們嘈嘈雜雜已經準備上岸了。坐在我旁邊的荷蘭人，他先同我告別，說他要趕九點多鐘的火車，所以必須先到船閘的門口去，預備可以儘先登岸。同那兩位青年交頸而坐的女子，也醒了，她們轉到別處去。那位不知去向的青年也回來了，他們搶著把行李從行李架拿下來。順序排隊上岸時，我的火車要到十二點多鐘，所以不急。船很準時，八點四十五分就到斯篤荷姆。我想該已經過了九時，這也就是為什麼那位荷蘭人要趕著早到船閘去了。我上岸時，沒有再看見那三個青年，他們也似乎趕著先上岸的。

但我又碰見那兩個與兩個青年交頸而坐的女孩子，看著她們在人群消失。她們似乎並沒有同那兩位青年交換姓名與地址吧，但交換姓名地址又是怎麼樣呢？兩性的關係，如果僅僅作為人生的點綴與享樂，或者北歐這種風尚正是正確的態度吧？一夕的纏綿同五、六十年的夫妻，還不都是永恆的剎那？我們很不容易推究什麼樣戀愛方式是較健全或較美的。當男女的關係是如此輕鬆而隨便時，那也怪不得斯篤荷姆商店中公開放著的春宮畫，也沒有什麼人去注意它了。

芬京一瞥

我沒有想到我會到芬蘭來。因為在香港時朱伯奇兄談到要到法國出席國際東方學者會議時，他說他要到芬蘭參加I. F. L.（International Friendship League）的年會，問我願意不願意同他一起去玩玩。他還讓我看看I. F. L.的一些文件。我看他們的宗旨是促進國際間人與人之間的接觸與交往，沒有什麼政治作用。我以前既沒有到過芬蘭，所以也就接受了他的好意。他說他當於七月二十二日到巴黎，我們可以在巴黎晤面，一起來芬蘭。可是臨時他因為簽證等手續延擱，無法趕到，所以變成我一個人來了。

這次I. F. L.集會，到會的人有一百五十人，多數來自歐洲各國，紐西蘭、加拿大、美國也都有參加。這個會誠如宗旨所說，不過是促進人與人間的接觸與交往。他們每年在一個地區舉辦集會，藉此度過假期，遊覽名勝，所以有點像成人的暑期營一樣，也很有趣味。今年，在一百五十人中，只有我是中國人，也只有我來自香港，我也無形中做了香港的I. F. L.的代表。I. F. L.的芬蘭分會主席藍勃生（Stig Lambertsen）也就是世界I. F. L.的主席，所以他們很想把今年的集會辦得出色一點。我是偶然的遊客，如果自己來遊歷，是很難得到這樣完善的安排的。大會在奧吐納米（Otaneimi）舉行。奧吐納米與都城赫爾辛基（Helsinki）約二十分鐘公共汽車的距離，環境清幽，樹木蘢蔥，湖色清明。那裡有一個活動中心，裡面有會議室，飯館，夜總會，酒吧種種之設備，還有一個頗具水準的會議廳，另外是一個旅館，許多國際會議都在那裡舉行，中共也派了五人代表出席，據說是關於氣象研究的儀器與知識的交流。在附近有一個很具規模的工程學校。時值暑假，工程學校的學生宿舍，不知怎麼也由旅館來管理出租。我們就住在這學生宿舍裡，單人房，沒有私用浴室，每天的收費二十個芬蘭馬克，合港幣二十五元，也不能算是不便宜了。

芬蘭是一個小國家，但面積比英國、義大利、西德都大，約三十三萬七千平方公里，人口約五百萬，所以可以說是一個空曠的地區。在全部面積中，百分之九是湖泊。芬蘭有四千多個湖。百分之五十七是森林，耕種地只有百分之八。我未來之前，從未想到芬蘭是一個如此富庶的國家，他們似乎處處都節省人力。我一進住所，發現被單是紙質的，這也是我一生初次用紙質的被單。吃飯的時候，也儘量用紙盤，所有羹匙、小刀、小叉也都儘量用塑膠做的，用完了都完全拋棄。在一個旅客們經常吃早餐的地方，服務員只有一個年輕的女孩子。雖然完全是自助的制度，但她一面要為每個顧客結賬找錢，一面要應付顧客的需要，如牛奶不夠了要補添，如果汁用罄了要開罐等的工作。我看她，尤其在顧客擁擠的時辰，實在是忙不過來，但是他們並不想到加一個人。像這樣的情形，在英國、法國經常是兩個人，或甚至是三個人。在香港則至少也要四、五個人。還有可以提到的是在自助餐的制度中，茶與咖啡一般都是由服務員斟好遞給顧客的，在芬蘭，則是電爐上放著咖啡與開水，由顧客自己去拿，自己沖在茶杯裡。不用說，顧客當然可以先在茶杯裡放好糖與牛奶或茶葉袋。這也許可說明他們人力的寶貴，同時也可說是他們的富庶。紙量的充分，當然是他們森林豐富的關係，但我在文具店買一百張打字紙，價錢比香港還要貴。到街上走走，衣著大都比巴黎便宜。小小工藝品與食品都很貴。芬蘭也以首飾出名，我參觀了他們一個首飾工廠。這些首飾都是金銀「鑄」造的。金子大概限用十四開。首飾在中國，多數以珍貴為重。在西洋，則以藝術品看，所以特別看重設計與設計家。那家工廠是很有名的，有一百多個工人與職員，三個設計家，其中一個據廠中的人說，是芬蘭有名的畫家。我問他們工人的待遇，他們不肯告訴我。但談到木廠的熟練工人，說有三、四千馬克一月的，我同同行的朋友談起，他們都說這只是特殊設計的論件工人，一般的絕沒有這麼高。

在湖泊中坐船，我們有一天走漫長的行程。因為他們儘量把湖泊溝通，所以也正像在河中遊船，兩岸都是樹林，有時候也散布著居民，有的岸邊泊著船舶。我也看到了居民在湖邊洗衣服。但是湖水都很清潔，湖上並不浮有任何渣滓雜物。我們也算是深入芬蘭的郊區了，但風景則很單調，較之中國杭州西湖，或瑞士來夢湖（Lämmerensee），則無法比擬。

赫爾辛基實在是很小的一個都市，我到了奧吐納米後，第二天一個人搭公共汽車到赫爾辛基，在熱鬧的市中心摸索了很久，覺得比巴黎、倫敦，顯得平靜整潔。在穿行紅綠燈時，他們幾乎都十分遵守燈號，哪怕是一輛車子都望不到，他們也從不穿紅燈的，好幾次我成了很冒失的旅客。物價，除衣著外，什麼都不比巴黎便宜，食物似乎比巴黎還貴，各個店鋪的價目也很有出入。我曾經為買一個眼鏡盒子，發現同樣的東西，幾乎每一家都不同價，從二十馬克到十五馬克不等。兌換外幣，每家價值也不相同。一般人對於數字的計算都很笨拙，到處都用計算機，但同樣的東西價格時時不相同。

在許多參觀與遊歷之中，一個露天博物館，陳列幾世紀前芬蘭人所住的房屋、家具、器具，很引人入勝。他們因為多森林樹木，所以當時的房子都是用大木材搭成的。有的是十三、四世紀時的居屋極為低小，有一個造在樹上的小木屋，不像是可以住人的。詢問向導小姐，才知是為儲藏食物之用，當然是為避免野獸偷食了。

我們還遊芬蘭第二大都市——唐拜雷（Tampere），那裡有一所新造的教堂，設計極為新穎別致，想來建築費是很可觀的。還有使我感到新奇的是一個露天劇場，觀眾都坐在可以旋轉的大台盤中，戲的演出則在四周公園裡。公園中有樹林空地，較遠還有湖泊，他們就在公園隨便搭點必要的房屋布景，與天然環境配搭。所以演出時舞台是無限的，真船、真車都可以駛行。在那裡每年暑期必上演一個新戲。去年演出的是一個戰爭劇。演出時，大炮、坦克車都在周圍實地馳駛。今年演的是一個童話劇，可惜沒有看他們演出。我不相信這與舞台藝術的創造有何貢獻，不過這是一個有趣的變化。如果是使舞台擴充為自然與真實，觀眾的角度不時變動，那不正是電影所長的麼？

芬蘭的學校制度與歐洲各國相仿，不過因為官定的語言為芬蘭語與瑞典語兩種，所以學生都要學這兩種文字；英文在芬蘭也很普遍，所以許多中學生也都會講點英文。男孩子到十八歲都要服兵役，為期是九個月或十一個月，如果有特別原因，可申請緩役。

蘇聯於一九三九年侵略芬蘭，芬蘭力爭抵抗。一九四一年德蘇戰爭中，芬蘭反擊蘇聯。一九四五年才與蘇聯訂立和約，和約中限定芬蘭常備軍不超過三萬人。這大概也使芬蘭沒有國防費用的負擔，而可使人民有更多富裕享受的原因。

在芬蘭旅行，只覺得他是一個平靜富庶可愛的國家。做這裡的公民，也許是幸福的，但不是我所想或所能居留之地。這裡並沒有驚心動魄的古跡——如中國的萬里長城與印度的泰奇嗎哈，也沒有龐大豐裕的收藏——如大英博物館，巴黎盧浮宮等。所以如果是談到遊歷，實在也沒有什麼值得流連忘返的。

遊一個地方同交一個朋友一樣，完全是一種機緣，我遊芬蘭是偶然，留這點感性，也正是偶然的偶然了。

在從瑞京到法京的火車

如果有人問我，你願意坐飛機或輪船或火車旅行呢？我將毫不遲疑地告訴他我喜歡坐火車，因為火車可以看看車窗外的景物。從斯篤荷姆到巴黎的火車，要經過丹麥、德國、比利時，自然還有法國，倒是很有趣的火車旅程。火車從斯篤荷姆的啟行的時間是十二時二十七分，我從街上蹓躂回來還有很多時間，我想如果車子早到，我就早點上車去吧。我向問訊處去打聽，他們告訴我車子於啟行前一小時可以到。我想既然如此，就提著行李，先到月台上去，看見有許多人等在那裡，車子接著也就來了。我打聽一下，才知道不是那輛車子。我恐怕弄錯了月台，但是月台上的人都上車了，沒有人可以問。一直到有一個鐵路上的職員走過時，我才去請教他，並且把我的票子給他看。他看了半天，似乎也弄不清楚，最後他帶我到一個布告牌前面，這才彼此一目了然。原來那不但寫明我所坐的火車的車號，還畫出那輛火車一共包括幾節車廂，而每個車廂都有號碼，說明那車廂是什麼車，如六十四號頭等車，七十八號餐車，八十九號二等臥車。我的是一百二十九號，寫明是到巴黎。我的車票上也正是寫著這個車廂的號碼，這自然再清楚沒有了。我應當，而且一定要上一二九號車。如果要吃飯，則要穿過一節二等車，兩節頭等車。看清楚了以後，我提著行李，在月台上找一個椅子坐下來，那裡已經有一個年輕的胖胖的學生坐在那裡。我坐定了，他問我借火柴，吸起紙煙。同他交談起來，原來他是德國人，學法律的，大學一年級學生。他告訴我他抽煙已經很久，但一直不讓他父母知道。他在這裡已經玩了好幾天，所以想回去了。車子進站的時候，我就同這位青年分手。我與他車廂不同，自不能坐在一起。我找到我的車廂，坐在位子上，放好行李，我覺得現在就可以不再轉折，直達巴黎了。我只要靜靜地體驗車子在大地滑過，車窗外一定有足夠我欣賞的鄉村風景的。

北歐的鄉村，真是一片靜穆和平燦爛。田野是綠的，水是清的，到處都有黃的紫的藍的花卉，間隔著灰色的紅色的以及白色的房子。八月初旬，還是夏天，有中國江南暮春的氣息。偶爾看到農夫在田野裡工作，孩童們在村路上騎自行車。掠過鄉村，也有小小的鎮集。汽車停在人家的門口，公路伸展到遙遠的田野。有些地方，真有我記憶中滬寧路、滬杭路所見的景象。

不知什麼時候，車子進了站，車廂上有一個穿藍色衣裳的女人上來。她對我打一個招呼，就坐於右角上，接著又上來一個女人同一個小孩。車子開了，她們開始有交談，是瑞典話，我不懂。我試試同她們講英文法文，她們也不懂。接著，藍衣裳的女子拿出一包三明治來吃，又拿出一本書來閱讀。後上來的那個女的，好像是穿白色襯衫，花毛衣的，她開始打開口袋，這口袋很大，她拿出蛋糕給孩子吃，自己也吃，孩子吃不完的，她也吃了；隔了一會，又拿出水果來吃，孩子吃不了的，她又吃了；隔了一會，她又拿出火腿三明治來吃，孩子吃不了的，她又吃了；隔了一會，她又拿出餅乾來吃，孩子不吃，她自己又吃了。於是，她摸出一大瓶橘子水，給孩子喝，孩子只喝一口，她喝了七、八口。我發覺她年紀不算大，臉上塗著脂粉，也算有幾分姿色，但是身材已經是像鬆散了的沙發。我想，這與她吃東西大概有關係。

我年輕的時候，也交過西洋的女朋友。漂亮女孩子，許多很珍視她們的身材，這樣不吃，那樣不吃；豬排不吃，冰淇淋不吃。但當她們嫁了人，那就再不計較，狼吞虎咽，毫不忌憚。我想那位太太大概也是如此，有了丈夫，身材就可以不計較了。她這樣一吃，我的嘴也饞起來，肚子也餓起來。我於是提起我的公文包，走到餐車去。我曾經在車站上看過這火車的結構，穿過兩節車就到了餐車。餐車上坐了幾個人，我發現已經是不早了。但這個餐車並沒有「餐」，只有咖啡與茶，另外是玻璃紙包裝好的三明治，價錢真是不便宜。我才知道同車的女子帶食物是十分聰明的。我吃了三明治後，發覺這是很容易消化的東西，所以又買了一份，並且買了一瓶礦水。這時候，車廂上又進來一個太太，帶了兩個孩子，一男一女。男的很頑皮，女的很害羞，他們是到巴黎去的。

下午七點鐘，車子上輪渡過海峽。就只是我們這節一二九車廂。大家都下車到渡輪上來看這海峽的風景，過了海峽就是丹麥。到了對岸，這節車就接上別的車廂再往前走。這時候上來許多長髮長鬚背旅行包的青年人。他們都坐在車廂的走廊上。

晚上，一個掌車的來為我們設鋪，我們都是買有臥榻票的。車廂的椅背必須推上，上面必須放下，變成了一面三個，共有六個鋪位。小孩子大概是半票，所以只占了五個鋪位。左面頂上一個鋪位沒有人，我叫那位太太把行李放上去，她說，回頭可能會有人來睡的。其實小小的車廂，三個大人，三個小孩，實在已經是很擠了。像這樣睡覺我向來是睡不著的，但那晚居然還不太壞。不過我一早就出去上廁洗臉，免得太晚了擁擠。而那個單身女子，也很早起身，她是專等車子到站就要下車的。兩個女的也起身了，但不願吵醒孩子。這時候我發現那左面頂層果然有一個男人睡在那裡，不知他是什麼時候來的。我這時自然無法走進車廂裡去，我想還是去餐車吃早餐吧，但是走廊上都坐著長髮長鬚的青年人。我到餐車原要經過一節頭等車，這時頭等車的門鎖著，敲門也無人應門，只得折回來。回來的時候，掌車人已經在催大家起身，因為他要收齊毯子交到停下來的車站上去，他自己就要下班了。在走廊上，我們就交談起來。他告訴我他是德國人，是讀法律的學生，他是假期中來做工的，為期是兩個月，他對這工作覺得很有趣。我當時很口渴，我問他哪裡有水買，他說他也不知道。問他餐車的門為何關著，他也不知道。這也難怪他，他管的就是這一節車的鋪榻拆榻而已。大概八時多鐘的時候，我再去餐車，那面頭等車廂果然有人為我開門了。我才想到，他們是防止長髮長鬚的青年們走進頭等車去才鎖門的。但是我一連穿過四節車廂，到了終節，還是沒有餐車。我這才悟到，車子於昨夜過海峽時已經重新排過了。我只得倒走回來，最後在我們的車廂後面幾節找到了餐車。我吃了早餐，又買了兩瓶礦水帶回車廂。

車子到了德國境時，另外一位太太也下去了，車廂中只剩了我同一位帶兩個小孩的太太。到了比國，上來許多人，有一位老年的單身客到我們的車廂來。他行李簡單，態度和藹，他告訴我他兒子請他去度假。我因為要去餐車，看上來客人多而亂，就請他為我看看行李。這一次的餐車已經不是昨天的餐車，有正式的飯餐吃了。不過價錢可真不便宜，我另外還付了兩個芬蘭馬克的小賬。

現在，整個下午，車子在法國駛行了。鄉村的趣味與北歐很有異趣。但歐洲究竟是很小的地區，除了房屋的建築，很難說出他顯著的不同的地方。在這樣的季節，氣候沒有寒熱的分別，社會又沒有太多貧富的異殊，田野幾乎都是一樣的乾淨與清朗。這不是中國江南與華北，也不像美國中部與西部，這是一個相仿，經常有不斷的交流的社會。我想這也正是歐洲可以成為聯邦的一個自然根據。鄉村究竟不是都市，每一個都市都可有突出的個性。我們很不易看出，相處，甚至描寫出來。農村，除非深入地去生活，表面上是容易體會到它的趣味的。

我很後悔沒有在冬天去北歐。那漫天的大雪與室內融融的爐火正是我懷念的風光。據芬蘭的朋友說，在芬蘭，春天是最可怕的季節，因為那是陰沉沉的天色，與溼漉漉的化雪所搞成的泥漿。天冷一陣，泥漿變成了冰塊，天暖一陣，冰塊又變成泥漿。樹木沒有葉子，花不會開，太陽懶於出現。我想夏天的北歐應該是涼爽有趣的天氣吧。有一位朋友特別送我一件毛衣，但是我一直沒有機會穿它。

五點鐘的時候，餐車的侍者搖著鈴來招呼吃晚餐。他或者因為我中午付了小賬關係，他特別來請我注意。我說我還不餓，他說第二次是六點鐘，他又來叫我，我也沒有去，因為車子已經快到巴黎了。

巴黎同我離開去芬蘭時一樣熱。今年巴黎真是奇怪，一連幾星期都同香港一樣熱。

手握擴音機的耶穌

李雨生以為我沒有看過搖滾樂歌劇（rock opera）特別為我預定了Jesus Christ Superstar的票子，讓我見識見識。他還事先放了唱片，叫我先聽聽戲裡的歌曲，問我是否喜歡，歌詞我並不能完全聽清楚，但從樂曲來說，我並不感到很大興趣，雖然有的也並不討厭，可是看了演出以後，心裡起了很大的反感。故事是《聖經》裡的故事，歌劇並沒有特別的詮釋。戲中許多合唱都反覆地提到「誰是耶穌」的問題，可是並沒有神祕的氣氛，在演出中耶穌只是一個手裡永遠握著擴音機自信心極強的「人」。

我說「手裡永遠握著擴音機」，正是我認為最可笑的地方。因為不管內容如何，演出的形式看來，已經是一個胡鬧的笑劇——可是又一點不可笑。既然是歌劇，當然要唱歌，可是每個演員都沒有歌喉，因此需要擴音器。本來擴音器裝在舞台上並不怎麼礙目，偏偏他們連這點嗓子都沒有，而要每個人在唱歌時都要手握擴音機湊到自己的唇邊。因此舞台上同時就有四、五個擴音機被握在演員手裡，而且互相傳遞，左右轉移。每個擴音機都拖著長長的皮線，隨著演員的地位與動作，拉來拉去。我們坐在三樓，看這些糾纏蠕動的皮線，已經感不到任何戲劇的氣氛了。演員既然要演戲，所以每當要表演與表情之時，手裡的擴音機就使他的表情——無論是喜怒哀樂或恐懼——都變成了滑稽的可笑。而有時，當這個演員兩只手都要配合表演時。這擴音機就由演戲的對手幫他拿著湊到他唇邊。更有趣的，是當兩個人爭論甚至爭吵時，一個人唱完——或者說是「罵」完——後，就把擴音機交給對方來對唱——或者說是對「罵」。有時，甚至把擴音機湊到對方的唇邊，來讓他對自己爭吵。他們的服裝既然模仿耶穌的時代的服裝，而耶穌的手裡老是握著擴音機，這原是已經可笑的事情。在宣傳的照片上，耶穌手裡也緊握著擴音機，使我覺得真是非常觸目。想到過去中國舞台上，跟班拿茶壺讓演員喝茶，以及隨時在舞台上出現幫著搬道具布景，或幫演員換服裝，看來原有點不順眼，但究竟那些幫手不是戲中的人物，可以想像他們並不存在。現在則戲中的人物握著擴音機，拖著長長的皮線，要想像它的不存在有點不可能。像這樣的戲，居然生意很好。這實在是我所不懂的。

李雨生說這本來不是藝術，不該用藝術眼光來批評它。我說不管怎麼，看戲還是有點娛樂的目的，我一面在聽在看，一面則覺得受罪。他說，他要請我看的原因，是讓我看看什麼是搖滾樂歌劇罷了。可是，李雨生的一個十三歲的女兒木蓮，看了非常喜歡。她已經在唱片中聽慣了那些歌，有的她也會唱幾句，所以看起來很有勁。這也可見對於戲劇欣賞，每個人可以有很大的距離。

我很喜歡音樂，也很喜歡聽歌唱。但對於歌劇，則總是不太喜歡看。我覺得聽聽唱片已經夠了。原因是，許多歌唱家，當她成功的時候，已經是又胖又上了年紀，可是在戲裡，她偏是演十六、七歲如花如玉的公主，覺得實在太不調和。記得多年前看一個歌劇，女主角應該是花容月貌的小姐，可是演員不但矮胖而老，而且滿口金牙，我恰巧坐在最前面，看到她唱歌時張嘴的表情，所有該有的美感也就沒有了。要沒有這樣的反效果，大概有兩個可能，一是演員實在是天才，他或她在初演時雖會令人感到他老，看了一會也就不再意識到了。還有一個，則是坐在離舞台很遠的角落。相傳培因赫德（Sarah Bernhardt）在六十歲時還能演十六歲的小姑娘。這當然因為培因赫德是天才，但如果我們坐在舞台前兩三排，一定也會發現她是不該再演這種角色的。記得前幾年看電影記錄的瑪格芳婷（Margot Fonteyn）的芭蕾舞劇《羅密歐與朱麗葉》，以瑪格芳婷的年齡演十五歲的朱麗葉，覺得真是演出得出神入化。但是電影鏡頭的運用與攝影技術的巧妙，一定是對她有最大的幫忙。這些唱搖滾樂歌劇的人，嗓子本來沒有訓練，而且每天要演出，如果不握住一個擴音機恐怕根本就無法演唱的。倘若用電影來記錄，是不是有攝影技術掩飾這個交來交去、拉來拉去的擴音機與皮線呢？

象牙市場

一

在巴黎，中國人做生意的多數是開中國飯館，而大都可以贏利，但有兩個做進出口生意而成功的朋友。一個是C君，一個是H君。H君是我的老朋友，在巴黎見到，非常高興，他請我吃飯，又請我住在他的家裡，他同我談到他在法國做生意成功的秘訣，一言以蔽之，可說是勤是儉。法國人放假，他不放假，法國人星期六下午休息，他照常辦公。暑期裡，法國人都要度假，他不度假。他說，法國人暑假度假，說說是一個月，實際上往往是兩個月。度假前半個月早已無心做事，不斷地計畫如何度假，何處度假，度假回來，雜務堆積，情緒不寧，半個月後方才恢復正常。度假時花錢，是金錢上的損失，度假期的營業中斷，前後時間上浪費公事上延擱，則是生意上的損失。我們中國人在此做生意，什麼條件不如他們法國人，只好在努力方面與他們競爭。做生意，我是全本外行，但與H相處多日中，覺得做生意也正如藝術家與科學家一樣，是一種愛好。做生意成功的標準雖是贏利，但像H君般的，他所想到的只是「成功」，這「成功」可以說是「做成功生意」就是成功。這就是做生意的興趣，這興趣就在「做」的上面。所以他對於生意不論利薄利厚，不論路遠路近，不論事繁事簡，有生意可做，絕不放棄。有時勞神傷財，他也覺得很有所獲。他說第一是獲得了經驗，第二是鋪出一條新路。因此這些年來，上至古玩玉器下至乾菜黃瓜，他都經營，大陸的罐頭食物，台灣的瓷器石刻，日本的和服相機，他都插手。現在他已是經驗豐富，得心應手。他同我說：「老徐，我們是老朋友了，你勞勞碌碌，到現在還是教書寫稿，潦倒大半生，這次我看你兩鬢已斑，精神興趣遠不如前，我想還是跟我做生意吧。我保你生活比以前安定舒服，幾年後可以退休享福。」

「H兄，我們是老朋友，你的好意我很感激，但是我一生搞寫作，現在再改行，也太晚了。」

「寫作，你應該當作hobby，不能當做事業。我現在正需要一個幫手，工作很清閒，貨到時忙一陣，忙完了你就沒有事，照樣可以寫作。」

「象牙，這一行你知道我一竅不通，怎麼可以幫你。」

「這很容易，我也是插手不久，但已經了解一個大概，這次我去比利時，你同我一同去看看好麼？如果有興趣，你將來就做我駐比利時的代表。怎麼樣？」

「去比利時看看，可是很好，至於幫你做生意，那我做夢也沒有想過。」

「你現在不是告假半年麼，你就試做半年，不合適就回去；合適，就在這裡待下去。」

「這個以後再談，我倒要看看你所說的象牙生意。」

二

原來比利時在非洲有商行專攻象牙。現在非洲許多國家獨立了，非洲人不願受比利時商人轉手的剝削，自己就直接帶了象牙到比利時來兜售。這些人對比利時原是陌生的，於是就產生了一個熟稔比利時的非洲同胞——我們且叫他X君，專門為他們安排住宿貨倉及介紹買主一類的事情。他自然要在買賣成立時從中取點佣金。H之認識X君，是通過住在巴黎的非洲人Y君介紹，不用說，這也是要在買賣成立時，直接去與非洲人交易。

H叫Y先去安衛，我們於第二天才去。從巴黎搭火車去安衛足足大半天的時間，我們到那面已經是傍晚了。坐上街車，我們請司機開向一個最好的旅館。司機告訴我們安衛現在有三個新開的旅館，都是設備最現代化的，我們就叫他隨便到其中一個去。於是他帶我們到了一精緻乾淨的旅舍。下了車，到了裡面，H不很滿意，說這沒有一個像樣的客廳，談生意不方便。我說：「這大概是適宜於情人們旅遊的旅舍。」H想叫車子再找，我說：「反正今天不能辦事，我們走過去看看好了。好在行李不多。」果然不出所料，轉了一個彎，就看見一個世紀大旅館，門面豪華，進門就是一個大客廳，H就選中這個旅館。我們到裡面，問到了房間，搭電梯上去。這可真是一所有歷史的旅館。電梯的門同大門一樣，掌司的人穿著制服，很恭敬地招待我們進去。裡面就有現在香港樓房一般大，還有一排座位。我與H同住一間房，這是一間既高且大的房間，所附的浴室，也比現在普通旅館的單人房要大。我們安頓好行李，到街上溜達一回，吃了晚飯就回到旅館。我從電梯司機口中，得知這間旅館是在第一次世界大戰前就有了。早晨在吃早餐的飯廳中，我發現這正是一所傳統的高等旅館，住客似乎都是衣著整齊，打著領帶穿著上裝的商人。在歐洲，一般的衣著都很隨便，只有外交官或商人，才這樣穿得整整齊齊的。

三

早餐後，我和H到另外一家旅館去拜訪非洲的客商，那群客商都住在一起。由Y君為我們一一介紹後，談了一回，Y君X君就陪同我們到貨倉去看象牙，其他的客商也隨後趕來。貨倉由一個比利時人在管理，由他帶我們進去。裡面很暗，但是又高又大，東一堆西一堆堆著象牙。現在我才知道這一堆一堆分放，是屬於不同的客商的。有的三噸，有的四噸，有的十噸。這都由那個比利時人磅秤以後登記著。象牙有大有小，這是很容易看。但還有硬軟之分，硬的與軟的價錢很有出入。有的象牙外面不光滑，像樹皮一樣，那是不好的牙齒，裡面往往有蛀爛的可能。在這大小不一的堆別裡，每個客商所有的硬軟象牙之中，要計算一個總數。H就要依著他客戶所要的數量來收購，同時還可以打電報詢問他過去的其他客戶是否還有需要。但是必須依照客戶所願付的價格。看了貨品以後，H一面要打電報詢問他的世界各地的客戶，一面他約了一個時間，請Y君與X君們與我們到世紀旅館來談價錢。但Y君與X君都不能代表客商。先是由他們來回轉話，後來客商們一個一個來談，每個有每個的意思。象牙市場的價格有漲有落，有的因為已經有一小部分賣過較好的價錢，所以想維持舊價；有的看漲，但是因為等錢用想賣出一部分；有的想把軟的賣去，硬的另找主顧；所以參差零落，從下午十二點半談到六點半，只成交了很少的一二批少量的客商的貨物。H認為這次恐怕只能做定了這兩筆小生意了。就在他們討價還價之時，我偷閒看看這大客廳四周，也正有別的旅客東一桌西一桌在談生意。我這才想到H昨天決定旅館時真是有眼光，如果沒有這樣大的客廳，這樣十多個人進進出出爭爭論論豈不是太不方便麼？當這群客商散了以後，我覺得整整的一天就是在討價還價之中過去，很感膩煩。當天我們在旅館寬大的堂皇的餐廳裡吃飯，中間正有一桌二十多人的長桌安排，這當然是什麼大商人的應酬了。我開始知道安衛是一個很活潑的港口。這裡不但是象牙進口的所在，也是金剛鑽進口的所在，其他的貨物不必說。據說自從共同市場發展以來，這個港口也更加日顯繁忙起來了。飯後，我們到外面散步。H的腦子裡始終想著生意。他以為已經來了，希望可以多做成一點生意，他在他的客戶限價之下，只有那些非洲客商可以讓一點價格才可成交。我當時靈機一動，想出另一條路，我說：「他們大概不肯再讓價了，但是我想還有一個辦法；我覺得Y君與X君兩筆佣金數字實在太大，如果他們兩個人各讓一半，這個交易不就可以成交了麼？而且他們兩個人也只是介紹而已，既不用費本錢，也不要費勞力，不該拿這麼大的佣金。」H聽了我的話，連連稱讚，認為我雖不懂生意，倒也有點頭腦。

四

於是，第二天早晨，我們就計畫請Y君與X君兩位讓出一半的佣金，我們還恐怕其他的客商也許不知道X君佣金的數字，所以要在H與其他客商談話的時候，由我邀X與Y到另外一桌來商談。大概早餐以後，X君Y君以及昨天談妥的客商都來了，而X又提到其他客商也願稍稍退讓一點，如果H可以再加一點的話。接著七、八個客商也重新來談。就在那個時間，我拉出X君與Y君到另外一桌上，對他們說明H不能再讓的苦衷，希望他們減少佣金的比率，可以促成這筆生意。幾經商討，他們終於接受了我的意見，只是只限於這一筆交易，下不為例。就這樣，我們總算很快地談妥了這筆交易，也輕易地滿足了多數客商的要求。以後商討的則是付款的辦法，照商業上的規矩是先把信用狀開給他，等貨物裝運了，憑貨運單向銀行去取錢。但是X君及其他非洲客商都不明白這個手續，認為貨已經運出了，錢還不能到手是一件不公平的事情。X君告訴我們，說這群非洲客商，每人都有幾個太太，每個太太都有幾個孩子，她們都等著現金去買新鮮的東西，所以一聽貨物賣掉了，就想馬上收到錢。我們要X君向他們解釋，說這是商業上一般的手續，而我們可以向他們擔保五天內一定可以收到錢的。如此這般解說，這班非洲客商還都不能接受。後來我們要他們到銀行去詢問，他們對銀行竟也沒有信心。這樣談了一天都沒有結果。到第二天，H想到請那位主持貨倉的比利時人來解釋擔保，而那位比利時人所主持的機構，竟也代經辦運貨的業務，所以貨運的事情也就由他來處理，這樣總算把一切問題都解決了。那天中午，我們輕鬆了許多，就隨便在各處看看，在近碼頭的地方，我們碰見了幾個中國船員。我們同他們交談，知道他們是從台灣來的。H君急於要看房子，安衛的房子確是不貴，上好的三、四間公寓房子，不過港幣千元上下一月。H就說，他希望我可以做他駐安衛的代表，他可以租這麼一所公寓，外面一件做辦公室，裡面可以做住家，說我也可以把家眷接來。他還願意給我優厚的薪金，還說，如果我願意，他還可商聘那位X君來做我的助手。我答應考慮幾天再決定。我們於當天下午搭車回巴黎，在路上我的確想接受H的好意。但到了巴黎，不知怎麼，我竟很想早點回香港。我於九月十日離開巴黎到倫敦，十二日就回到香港。後來接H來信，說現在關係已經打好，信用也已經建立，不需要那面派人，也很容易同那批非洲客商交易了。

廿九屆國際東方學者會議

廿九屆國際東方學者會議於今年七月十六月在巴黎大學開幕。因為所謂東方，包括範圍甚廣，諸凡埃及，印度，中東，東南亞，中國，日本以及韓國等無所不容，時又不限古今，所以組別繁多，又因今年為東方學者會議百週年紀念，故邀請特別廣泛，藉資熱鬧，此次據說報名的各國學者學生達四千人之多，而到會的人數約有兩千多人。

我於七月十五日偕李雨生兄自英倫到巴黎，中途發現同行者有紐西蘭的維多利亞大學的Krishnamurthy博士及香港大學研究印度哲學的華生（Watson）先生，乃相偕而行。到巴黎是下午四時，我們想找一輛的士沒有找到。另外有一位朋友提議搭地道車。我的行李較多，除李雨生幫我拿一件外，華生先生也幫我拿一件。地道車為轉車往返打聽，出地道後又走了許多路才找到巴黎大學。我真後悔沒有等一輛的士，要別人為我堤這麼遠路的行李。

到了巴黎大學的大廳，濟濟一堂，報到的人擠在一起。我的行李放在一起，華生先生與Krishnamurthy先生就不見了。因為大家所列席的組別不同，以後也沒有碰見，我覺得始終欠華生一聲謝謝。

大會的招待處分為兩部分，一部分是Havas Congre一部分是秘書處。照規定我們先到Havas Congre找我們的案卷，才可知道每個人分配的住處，但我在找到案卷時，竟沒有我所訂的住處，原因是並沒有收到我的定金。我乃把匯款單給一位辦事員看，他說他沒有法子找。我覺得只有暫時先付一筆錢才可有住處，看到有些本來沒有匯錢的人在另外一個桌子付錢訂房子，我也去付了錢，他們分配我一所學校的宿舍。但等我到秘書處時，有人告訴我那地方太遠。火車要坐一個多小時，不如找一個小旅館住住好。我又去交涉退訂，辦事員對於退款的事情不能決定，問一個高級的職員。我看他較閒，於是把我以先匯款未到的事情告訴他。他一方面叫那個辦事員還我錢，一面帶我到他的桌邊，找出案卷來。我請他在我的文件上註明這匯款未收到的一點，發現時退還給我。

後來，李雨生在大學對面找到了一家小旅館，我就與他住在一起。那是一間六層樓的一間小房間，沒有電梯。房金是四十法郎一天，廁所是在兩層樓下面，洗澡房在四層樓的下面。想到三十六年前在法國讀書時，那完全是兩個世界了。

我參加的是現代中國組，這組的主席是神奴（Jean Chesneaux）。不意大會開幕那天，即有人自三樓發汽球傳單，反對神奴。後來警察出來，將發傳單者擄去，暫告一段落。後來才知道漢學的研究員與學生對神奴反對者甚多。神奴是研究中國現代史看，中國根基很差，其研究則完全根據中共的資料，所以立論完全是中共的言論。反對者就是反對他只是充中共的宣傳員而已。

大會並沒有什麼官方的語言，還是大家用英法文多。開幕那天，有一位蘇聯的學者用俄文演說，倒有人用法文口譯。

巴黎大學正在要把各組開會的經過編列紀錄，這裡自不必，也無法詳談。倒是在我所列席關於現代中國的組別中，很有點感想。所謂現代中國，原是漢學的一部分。既然是漢學，自應以中文為主了，可是出席的人，無論是宣讀論文或發表談話，多以英法文為主。可是免不了要在英法文中夾著中文，而這中文經過了英法文的拼音，反使我這個中國人不知所措。

我聽了幾篇論文的宣讀，覺得雖說是專門，實際上則是碎瑣空虛。譬如有一位加拿大多倫多大學的太太論及中國清末小說的結構技巧，實在毫無新見；還有一位法國研究員宣讀她的關於秋瑾的論文，隨便在黑板上寫幾個極簡單的中國字都是別字。這也可見一斑所謂漢學家的面目了。

中國朋友宣讀論文的，許多都用英文，尤其是美國的華裔漢學家，有的宣讀的也許就是他的碩士或博士論文，時間短，論文長，不得不讀得快，所以不用說中英法人士聽不清，連美國人士也無法聽懂。像這樣的宣讀，我想就有先把論文印好了發給聽眾的必要。

至於還有些留美澳諸地，以及香港臺灣的漢學學者，英文發音就不好，我以為實在沒有用英文的必要。既是漢學，老老實實用普通話來宣讀或較為清楚。有些人印發了英文譯文，這自然是沒有害處的事。英語似乎是流行很廣的文字，但說到「漢學」，似乎還是「中文」，至於以主辦國而言，則就該譯成法文較為合理。

在我發言那一天，主席原是神奴，不知是不是因為有人反對他，有所閃避，所以沒有出席，由一個年輕的學人白提（Paul Bady）代理。白提正在寫以老舍為題的博士論文，因為我認識老舍，問我關於許多老舍的生平，諸如要找關於老舍自殺或被殺的證據。我很慚愧的無一滿足他的需要。有一次，恰巧胡金銓在場，他曾在浸會學院向同學演講過老舍的種種，因此特為他們介紹。

大會的秘書處有許多學生在幫忙，由他們傳出來許多這些各地學者的趣聞。譬如有攝影記者拍攝有發賣的照片中，竟有學者因裡面沒有自己的人像，或自己的人像大小而向他們交涉的，還有人專約定設法與名人一起照相的。

在閉幕會議中，對於明年的會址頗有爭執。有的提議墨西哥，有的主張莫斯科，蘇聯的學者自然主張後者。還有人因為東方學會的範圍太廣，主張分別舉行。關於亞洲的將定名為：「國際亞洲與北非人文科學者會議」。

我對於這種國際會議，覺得在使國際上的人士接觸上講，當然是非常好的，至於對於文化貢獻上看，則覺得意義實在不很顯著。

在主辦這種國際會議的事務上，各國作風很有不同，法國這次由哈伐斯Havas Congre代辦。哈伐斯是一個什麼樣的一個組織，不甚明瞭，好像它是專門經辦旅遊組織，會議安排，甚至也做代聘請專家之類之事情。他們辦事，效率實在很不高。許多事情，錯誤百出。譬如關於我所匯的一百四十法郎，他說沒有寄到。後來到巴黎的匯豐銀行去問，那裡的職員說，我應當去問香港的匯豐銀行。我就寫信託人問香港匯豐銀行。可是香港方面則說應該問巴黎的匯豐銀行。我於是從芬蘭回來時，又去巴黎的匯豐銀行詢問。裡面的職員又再三推說無法核查，並且對於我匯款單上的「觀塘分行」中「觀塘」兩字，認為不是「香港」。同他們爭論了二十分鐘，最後他沒有辦法，到裡面為我試查一下，結果不到十分鐘就查到了。此款，早已在六月裡由哈伐斯所委託的銀行收去了。我覺得他們用二十分鐘時間同我爭執，實在是大浪費。我當時請他們寫明提取的銀行與日期，還打了一個橡皮章，對他們謝謝，準備向哈伐斯去要還這筆錢。

徐訏文集・散文卷03 PG2086

海外的鱗爪

作　　者　徐　訏
責任編輯　劉亦宸
圖文排版　莊皓云
封面設計　葉力安

出版策劃　釀出版
製作發行　秀威資訊科技股份有限公司
114 台北市內湖區瑞光路76巷65號1樓
電話：+886-2-2796-3638　傳真：+886-2-2796-1377
服務信箱：service@showwe.com.tw
http://www.showwe.com.tw
郵政劃撥　19563868　戶名：秀威資訊科技股份有限公司
展售門市　國家書店【松江門市】
104 台北市中山區松江路209號1樓
電話：+886-2-2518-0207　傳真：+886-2-2518-0778
網路訂購　秀威網路書店：https://store.showwe.tw
國家網路書店：https://www.govbooks.com.tw
法律顧問　毛國樑　律師
總 經 銷　聯合發行股份有限公司
231新北市新店區寶橋路235巷6弄6號4F
電話：+886-2-2917-8022　傳真：+886-2-2915-6275

出版日期　2018年7月　BOD一版
定　　價　300元

Printed in Taiwan

國家圖書館出版品預行編目

海外的鱗爪 / 徐訏著. -- 一版. -- 臺北市：釀
出版, 2018.07
面； 公分. -- (徐訏文集. 散文卷；3)
BOD版
ISBN 978-986-445-262-0(平裝)

855　　　107010097

讀者回函卡

感謝您購買本書，為提升服務品質，請填妥以下資料，將讀者回函卡直接寄回或傳真本公司，收到您的寶貴意見後，我們會收藏記錄及檢討，謝謝！

如您需要了解本公司最新出版書目、購書優惠或企劃活動，歡迎您上網查詢或下載相關資料：http:// www.showwe.com.tw

您購買的書名：＿＿＿＿＿＿＿＿＿＿＿＿＿＿＿＿

出生日期：＿＿＿＿年＿＿＿＿月＿＿＿＿日

學歷：□高中（含）以下　□大專　□研究所（含）以上

職業：□製造業　□金融業　□資訊業　□軍警　□傳播業　□自由業

□服務業　□公務員　□教職　□學生　□家管　□其它＿＿＿

購書地點：□網路書店　□實體書店　□書展　□郵購　□贈閱　□其他

您從何得知本書的消息？

□網路書店　□實體書店　□網路搜尋　□電子報　□書訊　□雜誌

□傳播媒體　□親友推薦　□網站推薦　□部落格　□其他＿＿＿＿

您對本書的評價：（請填代號　1.非常滿意　2.滿意　3.尚可　4.再改進）

封面設計＿＿　版面編排＿＿　內容＿＿　文／譯筆＿＿　價格＿＿

讀完書後您覺得：

□很有收穫　□有收穫　□收穫不多　□沒收穫

對我們的建議：＿＿＿＿＿＿＿＿＿＿＿＿＿＿＿＿

請貼
郵票

11466
台北市內湖區瑞光路 76 巷 65 號 1 樓
秀威資訊科技股份有限公司 收
BOD 數位出版事業部

(請沿線對折寄回，謝謝！)

姓　名：________________ 年齡：________ 性別：□女 □男

郵遞區號：□□□□□

地　址：________________________________

聯絡電話：(日)________________ (夜)________________

E-mail：________________________________